혼자 살면 어때요?
좋으면 그만이지

혼자 살면 어때요?
좋으면 그만이지

신소영 지음

놀

　지호가 호랑에게 묻습니다. "호랑아, 너는 결혼이 왜 하고 싶어?"

　호랑은 이렇게 답합니다. "이제 옷장 열면 나도 모르게 안 튀는 색 옷만 집게 된다. 어딜 가도 튈 일이 없잖아. 그래서 좋아."

　그리고 호랑은 엄마 친구 중에 성공한 아줌마 이야기를 합니다. "어디 놀러갈 때 그 아줌마만 쏙 빼놓고 간다. 그 아줌마가 빨간 코트거든. 일하느라 바빠서 결혼을 안 했대. 난 남들처럼 똑같이 평범하게 살고 싶어. 그런 까만 코트만 입고 싶어, 이제. 남들처럼 섞여 있어도 튀지 않고 똑같은 사람. 남들이랑 같이 웃고 같이 우는 거. 결혼은 나한테 너도 남들만큼 괜찮다 여자로서 가치가 있다 이야기해주는 까만 코트야."

　작년에 방영된 드라마 〈이번 생은 처음이라〉에서 제가 꼽은 명대사입니다. 마흔이 넘어서까지 비혼으로 살아온 사람으로서 가장 공감이 된 대사였거든요. 솔직히 고백하면, 전 '결혼'에서 오랫동안 자유롭지 못했습니다. 결혼이라는 제도에 끼지 못하고 평범한 삶에서 벗어났다는 불안 때문이었죠.

　우리 세대는 결혼을 하고 아이를 양육하는 것이 당연한 수순이었기 때문에 서른 이후부터는 어디서나 "왜 결혼을 안 하느냐?" 하는 질문을 받았고, 그런 경험이 쌓이면서 '내가 진짜 문제인가?' 하며 스스로도 '비정상'이라는 생각을 허용했던 것 같습니다. 그래서 비겁하게 어서 비혼이라는 빨간 코트를 벗고 싶어서 안달이 난 적도 있었습니다. 저도 〈이번 생은 처음이라〉의 호랑처럼 "섞여 있어도 튀지 않고 똑같은 사람. 남들이랑 같이 웃고 같이 우는 거. 결혼은 나한테 너도 남들만큼 괜찮다 여자로서 가치가 있다 이야기해주는 까만 코트"를 입고 싶었습니다.

그러니 즐기기보다 조급했고 혼자서도 잘 사는 방법을 찾고 여유를 누리는 데 오래 걸렸습니다. 비혼 선배를 찾는 일에도 소극적이었고요. 사실 그렇게 되고 싶지 않아서 일부러 외면했는지도 모르겠습니다. 내가 가지 않을 길이라고 애써 거부했던 거죠.

열심히 노력해도 반드시 좋은 결과가 있는 것은 아니듯, 내가 아무리 거부하고 싶어도 나한테 와버리는 삶이 있다는 걸 알게 되면서 비로소 저는 편안해졌습니다. 그리고 의문이 떠올랐습니다. 왜 비혼을 여러 삶의 형태 중 하나로 인정해주지 않는 걸까. 왜 결혼을 안 하면 이상한 거지? 남들이 다 하는 거면 나도 꼭 해야 하나? 결혼을 해야만 내 삶이 완성될까? 행복할까?

저를 매어왔던 질문들에 대해 말하고 싶어졌습니다. 말해야겠다고 결심하고 보니 어느새 여기 저기 빨간 코트들이 많이 보이기 시작했습니다. 어쩌면 그렇게 당당하게 잘 살고 있는지! 멋지고 근사한 비혼 선후배들을 보면서 부끄러워졌습니다. 그런 마음을 담아 마흔 넘은 비혼 중년의 성장일기를 쓰기 시작했습니다. 그래서 꼭 비혼에 국한된 이야기도 아닙니다. 마흔 넘으면 세상을 다 알 줄 알았는데 그렇지 않아서 당혹스러운, 어른이지만 아직 서툰 어른의 이야기입니다.

일기는 일기장에 쓰라는 악플도 많이 받았지만, 한편으로는 '나의 언어를 갖게 되었다'는 말에 용기도 났습니다. 불편한 질문을 받는 사람들에게 자기의 언어를 갖는다는 것만큼 중요한 건 없으니까요.

누군가에게는 나의 이 솔직한 고백과 찌질한 여정이 도움이 되기를 바라는 마음으로 뻔뻔하게 썼습니다. 칸 영화제에서 황금종려상을 받은 봉준호 감독의 말은 책을 내기 전 두려운 마음을 달래주었습니다.

"궁극의 공포는 내가 재능이 있냐 없냐죠. 그런데 그 답을 누가 해줄 수 있을까요? 자기 자신에게 최면을 걸면서 계속 앞으로 나아가는 겁니다."

글 쓰는 재능이 없다는 걸 누구보다 잘 알지만, 저도 최면을 걸면서 여기까지 온 것 같습니다. 그땐 힘들어서 죽을 것 같았는데 그동안 쓴 글을 보니 꽤 명랑합니다. 저도 어리둥절합니다. 입으로만 엄살을 부렸지 전 꽤 잘 지냈던 모양입니다. 그리고 분명한 건 앞으로도 잘 살 거라는 것이고요. 이 책을 읽는 당신도 분명 그럴 겁니다.

2019년 여름
신소영

목차

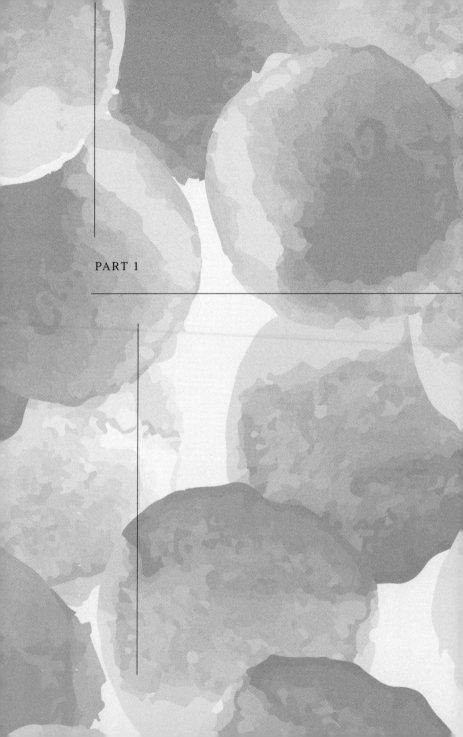

PART 1

나는
—— 결혼 없이 ———————— 산다

엄마, 여기서
결혼 이야기가
왜 나와?

"송혜교, 재는 왜 결혼을 안 한다니. 큰일이다."

그때는 송혜교가 동료 배우 송중기와 결혼 발표를 하기 전이었다. 어느 날, 엄마의 뜬금없는 한마디 때문에 아침부터 한바탕했다.

뉴스에서는 송혜교가 해외의 한국 역사 유적지에 한글 안내서를 제공한 데 이어서 삼일절을 맞아 '해외에서 만난 우리 역사 이야기-도쿄 편' 안내서 1만 부를 도쿄 전역에 배포했다는 소식을 전했고, 흐뭇한 마음에 내가 "송혜교 요즘에 좋은 일 많이 하네." 했더니 엄마가 느닷없이 그녀의 결혼 걱정을 하는 게 아닌가. 전혀 맥락 없는 말에 황당해서 나도 한마디 했다.

"엄마, 여기서 결혼 이야기가 왜 나와? 자기 일 잘하면서 좋은 일도 하고 잘사는 배우한테 결혼 안 해서 큰일이라니. 결혼 안 한 게 왜 큰일이야?"

내 말에 뜨끔했는지, 엄마는 이럴 때마다 나에게 주제와 상관없는 인신공격을 한다.

"그런 말도 할 수 있지, 그럼 아무 말도 하지 말고 살까? 넌 이런 이야기만 나오면 예민해져서 왜 그래?"

"엄마, 나나 엄마나 지금까지 다른 사람들한테 그런 말 들으면 피곤해했잖아. 내가 들어서 싫은 말은 남한테도 하지 말아야지."

일흔 넘은 노인이 어찌 말로 나를 이길쏘냐. 이내 엄마는 시무룩한 표정을 장착하더니 '괘씸한 년, 나 마음 상했다' 하는 기운을 마구 뿜어낸다. 잠시 숨을 고르고 생각해보니 엄마는 결혼 안 하면 큰일인 세상을 살아오셨는데, 내가 과했다 싶어서 사과했다.

"엄마, 미안해. 마음 상했으면 풀어. 앞으로 조심할게."

그러자 엄마는 아이마냥 "앞으론 그러지 마." 한다. 나도 마음이 풀어져 엄마 방의 화장실 전구 나간 것을 고쳤다고 다시 한번 웃으면서 명랑한 목소리로 화해의 제스처를 취했다. 그러자 현관문을 나서는 내 뒤통수에 대고 엄마가 묵직한 펀치 한 방을 날리신다.

"너 요즘 일도 없는데 전구 달고 그런 쪽으로 일 좀 알아봐."

내가 졌다.

지금 프리랜서로 일하고 있다는 걸 알면서도, 엄마가 보기에 출퇴근을 하지 않으면 '사실상 백수'인 거다. 아무리 자기 일을 열심히 하고 좋은 일 하면서 자신만의 생을 충만하게 살아도 '결혼 안 하면 큰일이다'라는 의식과도 맥락이 닿아 있다.

남들 다 가는 길에서 조금이라도 어긋나면 큰일 나는 줄 아는 부모 세대의 인식을 내 어찌 바꿀 수 있으랴. 결혼을 해도 다음 순서인 '자식도 안 낳고'라는 말을 피하기 어려워진다. 엄마는 이번에 송혜교가 나오는 드라마 〈남자친구〉를 보더니 아니나 다를까, "쟤는 왜 아직 애를 안 낳는다니?" 한다. 입이 근질거렸지만, 이번에는 잘 참았다.

'결혼 안 하면 큰일'이라는 말에 예민해지고 까칠해지는 건 어쩔 수 없다. 마흔 전까지는 대체로 그런 말과 시선을 허허실실 넘기면서 살아왔다. 지금은 그런 말을 하는 사람도 거의 없어서 안도의 한숨을 내쉬지만, 나 아닌 다른 여성들에게 비슷한 말들이 쏟아지면 발끈하게 된다.

그동안 그런 말들에 난타당하면서, 발끈하면 '노처녀 히스테리'라 욕먹고 '결혼해서 애를 낳아보지 않으면 아직 애'라는 둥 염려와 걱정을 빙자해서 던지는 무례한 독설은 또 얼마나 많았던가.

기-승-전-결혼. 아무리 열심히 살아도 결혼을 안 하면 모자라고 부족하고 불완전한 존재로 치환되는 편견은 얼마나 부당하고 폭력적인지. 그게 어디 결혼 문제에만 국한되겠냐마는, 남들이 다 가는 대세의 길에서 조금이라도 벗어난 삶을 살면 죄책감을 느끼고 못 견뎌 하는 사람들의 경향 탓에 이런 폭력이 계속되는 게 아닐까.

부끄러운 고백이지만, 나도 한때 편협한 시선에 대해 비겁한 방관자였고, 대세에 얼른 합류하고 싶어 종종거리는 조급한 수용자였다. 지금은 나도 그런 모습이 못마땅하고, 또 어느새 내 몸에 젖은 먼지처럼 들러붙은 편협한 가치관들을 털어내고 싶어서 조금은 더 까칠해져야겠다고 다짐하곤 한다.

얼마 전에 『비혼입니다만, 그게 어쨌다구요?!』라는 책을 읽었다. 일본의 저명한 여성학자 우에노 치즈코와 사회학자이자 시인인 미나시타 기류의 대담을 엮은 것이었다. 두 사회학자의 질문은 간단하다. "싱글로 지내는 게 대체 무슨 문제일까요?"

두 사람이 찾은 문제의 원인 중 하나는 관습이었다. 때가 되면 결혼하는 게 정상이고, 남녀가 결혼해서 아이를 낳아야 대가 이어진다는 관습.

관습과 적극적으로 충돌하면서도 자신만의 길을 찾아가는 사람들을 위한 응원이 담긴 책을 읽으며, 나는 한없이 유쾌해졌다. 한편으론 그동안 관습의 잣대로 휘둘린 수많은 펀치 속에서도 살아남은 스스로가 기특하게 여겨지기도 했다. 사실 처음에는 책 제목을 보고 껄껄 웃었다. 내용도 좋았지만 제목만으로도 바로 이거다 싶었다. '그게 어쨌다구요?' 정신.

사소해 보이지만, 편견에 대해 이렇게 한마디씩 할 때 세상은 느리더라도 조금씩 변한다고 믿는다. 이제는 나도 남들 다 가는 길을 가지 않는 인생을 비정상으로 보거나 결핍된 존재라는 '주홍글씨'를 새기려는 편견에 "그게 어쨌다구요?"라고 되받아칠 수 있는 싸가지를 좀 장착하려 한다.

가족은 어디에
두고 오셨어요?
- 질문 폭탄 패키지 여행 생존법

15년 전쯤, 내가 30대 초반일 때 엄마를 모시고 뉴질랜드와 호주로 패키지 여행을 갔다. 대략 스물다섯 명이 한 팀을 이루어 이동하는데, 일단 안면을 트고 나면 자연스레 호구조사가 이뤄진다. 그때만 해도 모녀끼리 해외여행을 다니는 게 흔치 않을 때라, 함께 팀을 이룬 어르신들 눈에는 내가 꽤 효녀로 보였던 모양이었다. "착하다"라는 말을 수도 없이 들었다. 하지만 그만큼 견뎌야 하는 불편도 꽤 컸다. 내가 싱글인 걸 알고 난 다음부터는 걱정과 (걱정을 빙자한) 어르신들의 잔소리가 이어지곤 했다.

"왜 아직도 결혼을 안 했어?"

"더 늦어지면 아무도 안 데려가. 얼른 가야지."

"엄마가 더 나이 드시기 전에 효도해. 그래야 애도 봐주지."

같이 밥을 먹을 때마다, 잠깐씩 쉬어갈 때마다 꼬박꼬박 내 결혼은 대화의 소재가 되었고 나는 점점 가시방석에 앉은 기분이 되었다. 처음에는 그분들이 내게 마음을 써주는 것 같아 감사하게 여겨졌지만 좋은 말도 한두 번이지, 내 입장에서는 그분들이 한마디씩 얹을 때마다 똑같은 말을 수십 번 반복해서 듣는 셈이었다. 게다가 나이가 들수록 걱정의 강도는 점점 커졌고 마흔을 넘기면서는 질문 자체가 달라지기 시작했다.

"남편은 어떻게 하고 혼자 왔어?"

"아이들은 몇 살인데 친정 엄마하고만 왔어요?"

어느 순간부터 난 강제로, 그리고 당연히 유부녀에 아이 엄마가 되어버렸다. 사람들이 마흔을 넘은 여자를 볼 때 생각할 수 있는 옵션에는 '아이가 있는 기혼녀'밖에 없는 듯했다. 처음에는 그게 보편적인 정서라 여기고 불편해도 참았다. 하지만 이런 상황이 반복되다 보니 '아니, 남편 있으면 친정 엄마하고 둘이 여행도 못 오나? 남편이라는 존재는 아내 없이 며칠도 혼자 못 지내는 모자란 인간인가?' 하는 의문이 들었다.

게다가 결혼을 안 했다고 말하면, 당황해하면서 순간 묘하게 바뀌는 눈빛을 알아챌 때의 씁쓸함이란. 결국 어색한 침묵 속에 황급히 다른 주제로 넘어가곤 했다. 왜 그런 분위기가 되어야 하는지 이해할 수 없지만 대체로 그랬다.

얼마 전에는 싱글인 오빠와 나, 엄마가 함께 패키지 여행을 다녀왔다. 처음에는 오빠와 내가 부부인 줄 알았는지 별 관심을 안 보였지만, 사진을 찍어주던 가이드가 우리가 오누이 사이임을 알고는 일행들에게 대단한 뉴스라도 되는 양 말했다.

"이 팀은 특이하게 남매가 엄마를 모시고 왔어요."

그 순간 우리는 '보통'에서 '특이'한 사람들로 강제 분류되었다. '저 집은 뭐지?' 하는 사람들의 표정 변화가 온몸으로 선명하게 느껴졌다. 소위 말해 '정상'이었다면 절대로 받지 않았을 시선이다. 그러다가 궁금증을 참을 수 없는 분들은 다가와서 기어이 엄마에게 슬쩍 묻곤 했다.

"며느리하고 사위는 어떻게 하고 왔어요?"

엄마도 그런 질문이 불편했는지 여행 내내 사람들과 잘 어울리려 하지 않았다. 사교성 좋은 엄마가 스스로 외톨이를 자처하는 모습을 볼 때면, 공연히 죄송하다가도 스멀스멀 화가 올라왔다. 지은 죄도 없이 죄인이 되어버리는 상황에서 내가 할 수 있는 일은 없었다. 15년 전이나 지금이나 변한 것이 없었다.

이제는 가족의 형태를 규정지을 수 없다. 둘이 사는 부부, 엄마 아빠와 아이가 있는 3인 혹은 4인 가족, 시가 식구들과 아들 부부, 처가 식구들과 딸 부부. 이런 가족 형태만이 정상적인 건 아니다. 동성끼리 동거를 하거나 혼자 사는 것도, 주변에서 흔히 볼 수 있는 가족 형태다. 주류가 아니라고 해서 이상하게 보거나 가십의 대상으로 만드는 것은 편협한 시선이 저지르는 폭력이다.

물론 우리 사회가 빠르게 변하고 있긴 하지만 난 여전히 싱글(특히 나이 든)을 대하는 태도와 시선에서 부당함을 강하게 느낀다. 싱글인 것이 잘못도 아닐뿐더러, 내가 무언가 잘못해서 싱글로 살게 된 것은 더더욱 아니기 때문이다. 내 잘못이 아닌 것들로 인해 내게 '평범하지 않음, 혹은 이상함'이라는 프레임을 씌우고 강제로 그것을 확인받을 때 이런 생각을 한다. 난 고작 '싱글'인 것만으로도 이렇게 힘든데 더 큰 편견과 싸우는 사람들은 도대체 얼마나 끔찍할까.

사실 불편한 질문을 받기 싫어서 유부녀인 척을 할 때도 있었다. 남편은 어떻게 하고 왔느냐는 질문에 "회사 일이 바빠서 엄마하고만 왔어요."라고 둘러대니 호기심과 의심 어린 눈빛은 금세 휘발되었다. 드디어 좀 편해지나 싶었는데, 천만의 말씀. 거짓말은 거짓말을 낳기 마련이라는 사실을 깜빡했다. 유부녀라는 사실을 알고 나면 필수 옵션처럼 따라붙는 질문이 있었던 것이다.

"아이는 몇 살인데 두고 왔어요?"

거짓말로 꾸며대는 것에 익숙하지 않다 보니 말문이 막혀 당황했고, 동공 지진을 일으키며 가까스로 상황을 모면한다 해도 왜 이렇게까지 해야 하나 자괴감이 들었다. 거짓말을 하는 상황이 싫어 피하다 보니 사람들과 어울리는 것도 불편해지고 여행의 재미도 떨어졌다. 그래서 요즘은 당당하게 불편한 쪽을 선택해 처음부터 싱글임을 밝힌다. 편견 가득한 눈으로 싱글을 보는 세상에 맞서 나라도 용기를 내야겠다 싶었다. "왜? 이게 뭐 잘못된 일인가?" 하고 당당하게, 당연하게 말한다.

그런 쓸데없는 데 에너지를 쏟느니 차를 렌트해서 우리 가족끼리만 다녀야 하나 갈등하기도 했지만 난 악착같이 패키지 여행을 이용하고 있고, 앞으로도 그럴 것이다. 불편한 시선을 견뎌야 하겠지만, 이것은 부당한 불편함을 당연한 것으로 여기지 않으려는 내 나름의 저항이다. 누가 알아? 몇 년 뒤에 이런 가족 여행이 유행하게 될지.

남자도
명함도 없는
싱글이 어때서

얼마 전 친한 후배와 만나 수다를 떨었다. 이런저런 이야기 끝에 그 후배가 자신의 친한 친구와 나눈 이야기를 풀어놓았다. 두 사람 모두 결혼한 지 10년을 넘기고 보니, 가정의 대소사가 많았는데 요즘 들어 시부모의 건강이 가장 큰 이슈였다.

한 명은 시어머니의 갑작스러운 치매 증상으로 애를 먹고 있었고, 다른 한 명은 시아버지가 돌아가시고 혼자 남은 시어머니에 대한 부담을 갖고 있었다. 속으로 '아이고, 고생들이 심하겠구나' 하며 듣고 있는데, 무방비 상태에서 한 방 얻어맞았다.

둘의 대화가 점점 거칠게 치닫더니 엉뚱한 방향으로 튀어버린 것이다. 말도 많고 탈도 많은 시월드에서 며느리로서의 본분을 다하느라 지친 후배가 친구에게 던진 말이 발단이었다.

"그러고 보면 결혼 안 하고 혼자 사는 게 제일 마음 편하고 멋있지."

그 말에 친구가 "그런 소리 하지 마. 네 주변에 싱글로 멋있게 사는 사람이 있니?"라고 했다면서 후배가 새하얀 도화지 같은 표정으로 나에게 말했다.

"생각해보니 없더라고요."

그 말을 싱글인 내 앞에서 아무 거리낌 없이 하고 있는 후배의 얼굴을 보면서 오만 가지 생각이 들었다.

'지금 내 이야기를 하는 건가?'

'그냥 넘어가야 하나? 한번 짚어줘야 하나?'

'나도… 사람들 눈에 후져 보일까?'

후배가 나를 저격하기 위해 한 말이 아니라, 워낙 친하니 내가 싱글이라는 사실을 잠시 잊은 채 무심코 나온 말이라는 걸 잘 알기에 다른 말은 삼켰지만, 드러내기 치사한 씁쓸함과 질문들이 뒤엉켜 내 머릿속을 어지럽게 둥둥 떠다녔다.

'나도 사람들의 눈에 후져 보일까? 나도 사람들이 나를 멋있는 싱글로 봐주길 바라고 있는 건가? 멋있다는 건 뭘까?'

일부러 멋있는 척을 한 건 아니지만, 솔직히 초라해 보이지 않기 위해 연기를 한 적은 있었던 것 같다. 싱글이지만 좀 특별한, 남들 보기에 꿀리지 않는 직업을 갖고 있는, 괜찮은 취미를 즐기는, 히스테리 부리지 않고 성숙한.

한마디로 뭔가 있는 척, 대단한 척 거품을 키우고 나를 화려하게 색칠하고 있었다. 그리고 그 기저에는 어이없는 이유가 깔려 있었다. 혹시나 초라하게 보일까 봐, 그래서 나를 무시할까 봐.

나를 방어한다는 명목 아래 스스로에게 끊임없이 특별함을 주문하며 포장하고 있었다는 사실을 깨닫는 순간, 한증막 같은 답답함이 훅 밀려들었다. 더 이상 껴입을 수 없을 정도로 옷을 겹겹이 입은 것 같은 느낌이 목 끝까지 차올라 숨이 막혔다.

데이트를 한 지도 꽤 되었고, 그럴듯한 명함 하나 없이 글 하청업을 하며 혼자 살고 있는 나. 마흔이 넘은 나이에 이런 모습이라니 찌질하다는 둥 자기 비하 따위는 집어치우고 거품으로 가득 찬 포장을 풀어헤치겠다고 결심했다.

있는 그대로의 나를 솔직하게 인정하고 드러내기로 마음먹자 가장 필요한 것은 용기였다. 그동안 나를 안전하게 지켜준다고 여겼던 것들을 벗어낸 뒤에 맞닥뜨려야 했던 내 남루한 자존심은 어찌나 초라하던지. 도망쳐서 다시 나를 포장하고 싶은 유혹이 달려들 때 가장 큰 도움이 된 것이 글쓰기였다.

당시 글쓰기 수업에 참여하고 있던 나는 일주일에 한 편씩 내 이야기를 쓸 때마다 한 꺼풀씩 벗겨낼 수 있었다. 글로써 선언을 반복한 덕분에 해방의 탈출구를 찾은 셈이다. 물론 그 후로도 처음 만난 사람이 대뜸 "무슨 일 하세요?"라고 물으면 잠시 허둥대기도 하지만, 다시는 거짓으로 스스로를 치장하지 않겠다고 마음을 되잡곤 한다.

돌아보면 그 누구도 나에게 근사하게 살아야 한다고 강요한 적이 없었다. 나 자신 외에는.

누구나 다 근사하고 멋있게 살 순 없다. 그러나 누구나 의미 있는 삶을 살 수는 있다. 어떤 삶이 의미 있는 삶인지는 사람마다 다르겠지만, 분명한 것은 있다. 남편의 사랑을 받고 아이들을 키우며 살아야만 의미 있는 것도 아니고, 그럴듯한 명함을 지니고 성공해야만 의미 있는 것도 아니라는 사실이다.

다행히도 내가 의미를 두는 것은 분명해졌다. 내 삶에서 스포트라이트를 받는 주인공이 되는 때든 병풍 같은 엑스트라가 되는 때든 내 페이스를 지키며 나답게 하루를 살아내는 것!

"삶은 명사로 고정하는 게 아니라 동사로 구성하는 지난한 과정"이라던 은유 작가의 말을 종종 떠올리곤 한다. 내 모습과 삶이 다른 사람들에게 어떻게 비치고 판단된다 해도, 현재의 내 삶과 내 모습을 진실하게 드러내며 내가 할 수 있는 일을 묵묵하게 해나갈 때 삶은 분명 내게 응답할 것이라 믿는다. 그래서 나답게 살기 위해 내가 소중하게 여기는 가치가 무엇인지를 끊임없이 문신처럼 새긴다. 이야기를 나누고 감정을 함께 공유하는 것, 농담을 잃지 않는 것, 따뜻하게 손잡아주는 것, 책과 음악이 주는 기쁨에 반응하는 것, 느리게 산책하는 것. 나는 이 소박한 동사들의 가치를 잊지 않으려 한다.

"나를 사랑한다는 것은 나에게 많이 투자한다는 것이 아니다. 시간과 돈을 투자한다고 해서 나를 더 사랑할 수 있는 것은 아니다. 나를 사랑할 줄 안다는 것은 아무리 힘든 상황에서도 '내가 소중하게 여기는 가치'를 지키는 일이다."

정여울, 『그때, 나에게 미처 하지 못한 말』 중에서

결혼 안 하면
안 괜찮은
사람인가요?

"왜 지금까지 혼자예요? 괜찮은 분 같은데….."

이런 말 들을 때가 제일 난감하다. 멋모를 때에는 주섬주섬 정성스레 이유를 댔지만, 30대 후반부터는 더 이상 논란을 만들지 않을 만한 모범답안을 정했다.

"제가 눈이 좀 높아요." 혹은 "그러게요."

40대에는 좀 더 도발적인 답으로 업그레이드했다.

"결혼 안 하면 안 괜찮은 사람인가요?"

사실은 이렇게 대답하고도 내가 왜 싱글인지 궁금하긴 하다. 나도 답을 몰라서 답답한데, 이런 나를 더 힘들게 하는 것은 주변의 애정 어린(?) 해석과 조언이다.

　몇 년 전, 한 남자를 소개받은 적이 있다. 첫인상으로는 별 호감을 못 느꼈지만, 대화를 나누는 중에 뭔가 끌릴 수도 있으니 진득이 앉아 이런저런 이야기를 나눴다.

　그런데 이 남자, 봐주기 민망한 버릇이 하나 있었다. 자꾸 손으로 엉덩이를 긁적대는 것이었다. 처음에는 그러려니 했는데 이야기하는 내내 엉덩이를 긁어대는 바람에 나중에는 다른 곳으로 시선을 돌려버렸다. 그는 전혀 의식하지 못한 행동 같아서 티를 내진 않았으나, 사실 보기에도 불쾌했고 게다가 대화 자체도 그다지 즐겁지 않아서 다음에 또 만나고 싶진 않았다.

　그렇게 '꽝'이 되어 돌아오는 길은 잘 마시지도 못하는 소주가 당긴다. 위로가 고파서 소개팅 후기를 기다리는 친구에게 전화를 했더니 그 이야기를 들은 친구가 답답하다는 듯이 쥐어박는 소리를 했다.

　"그게 어때서? 넌 너무 쓸데없는 걸 보더라."

　공감까지는 아니어도, 맞장구는 쳐줄 거라는 예상을 완전히 빗나간 반응이었다. 난 순식간에 한쪽 엉덩이를 주야장천 긁어대는 행동 하나쯤도 눈감아주지 못하는 철없고 까다로운 노처녀가 되어버렸다. 친구는 대화가 전혀 통하지 않는 낯선 남자와 지루한 이야기를 나누고, 지저분한 행동까지 참아야 했던 나의 피로감과 공허감까지는 헤아리지 못한 것이다.

이런 일을 몇 번 겪고 난 이후로, 난 기혼 친구들에게 소개팅 후기를 말하지 않는다. 한때는 이런 말들을 들으며 자책을 하기도 했고, 내가 정말 문제 있는 사람인가 하면서 의기소침해지기도 했다.

사람들은 분명 나를 진심으로 아끼고 잘되기를 바라는 마음을 가졌지만, 때로는 마흔 넘은 비혼 친구에게 어떤 조언을 해줘야 하는지 잘 몰라서 그저 조급하게 떠밀곤 한다. 선의는 있지만 현명함이나 깊은 이해는 없는 조언이었던 것이다. 나는 그에 떠밀릴 뿐이었다.

물론 결혼을 해봤기 때문에 사람을 보는 눈이 달라지고, 그래서 결혼을 해보지 않은 나에게 좀 더 현실적인 충고를 해줄 수도 있다. 하지만 역으로 '내가 해봐서 아는데' 식의 자기 경험 테두리를 벗어나지 못하는 한계도 있었다.

예컨대 경제적으로 어려움을 겪고 있는 사람은 무조건 능력 있는 사람을 만나라고 하고, 부부 사이가 안 좋은 사람은 결혼을 하지 말라고 한다. 가장 압권은 "이제 와서 뭐하러 결혼을 해. 편하게 혼자 살면서 즐겨."라는 말이다. 물론 내가 택한 삶이지만, 자기가 즐길 돈을 줄 것도 아니면서.

사람들은 쉽게 누군가를 결혼에 목을 맨 사람으로 취급하기도 하고, 때때로 다른 사람의 인생을 결정지어버리는 말을 함부로 내뱉곤 한다. 돌아보면 나는 아주 오랫동안 기혼 친구들이 쏟아내는 육아의 어려움과 시가와의 갈등, 남편에 대한 흉이나 자랑을 참 무던하게 들어줬던 것 같은데 그들은 왜 이럴까 싶어 서운했던 적이 한두 번이 아니다. 하지만 나 역시 내 딴에는 조심하고 배려했다 하더라도 그들의 마음을 다 헤아리지 못해 무심코 상처 준 순간이 있었으리라.

　제목은 기억나지 않는 어떤 책에서 한 비혼 청년이 결혼에 대해서 들었던 조언 가운데 가장 좋았던 말을 소개한 구절이 생각난다. "하라고 할 수도 없고, 하지 말라고 할 수도 없고."

　바로 이거다. 남의 사정을 지레짐작하지 않고, 괜히 간섭하거나 훈수 두지 않는 말. 생각해보면 결혼 말고도 출산이나 이직 등 많은 경우에 적용 가능한 말이다. 많이 나아지고는 있지만, 여전히 불쑥 튀어나오는 편견의 말들에 맞서 나라도 나자신을 지키기 위해서 요즘은 뻔뻔하게 말한다.

　"결혼 안 해도 저 괜찮아 보이지 않나요? 나 되게 괜찮은 사람인데."

가정의 달이
뻘쭘한 사람

지난 추석 연휴에 엄마, 오빠와 함께 대만 여행을 갔다. 예정된 일정 중에 지우펀에서 풍등에 소원을 적어서 날리는 프로그램이 있었다. 붓으로 풍등 한 면에 자신의 소원을 적은 다음 안에 불을 붙여 날려 보내는 것인데, 그때 가이드가 해준 설명이 인상적이었다.

"중국 사람은 주로 부자가 되게 해달라고 쓰고, 일본 사람은 행복하게 살게 해달라고 적는 경우가 많아요. 한국 사람은 가족에 대한 이야기가 압도적으로 많고요. 주로 가족의 건강이나 화목에 대한 거죠."

주변을 둘러보니 가이드의 말이 맞았다. 많은 사람들이 가족의 건강과 화목을 빌고 있었다. 문득 궁금했다. 우리나라 사람들은 왜 이렇게 가족에 집착할까.

5월은 '가정의 달'이다. 반드시 화목하고 행복이 넘실대야 할 것만 같은 달이다. 4월 말부터 각종 기념일에 대비한 선물과 꽃 광고들이 엄청나게 쏟아진다. 서점도 5월만 되면 가정의 달을 맞아 각종 행사를 진행한다. 텔레비전에서도 가정의 달을 맞아 가족 영화를 방영해준다.

이런 분위기에서는 뭔가 하나라도 하지 않으면 안 될 것만 같은 기운에 떠밀리고 만다. 그간 소홀했던 무심함을 알량한 선물로, 간단한 안부로 변제받는 느낌도 들어서 썩 달갑지 않다. 물론 시큰둥할 수밖에 없는 더 중대한 이유는 따로 있다.

나는 엄마와 둘이 살고 있다. 아빠는 18년 전에 돌아가셨고 나와 똑같이 비혼인 오빠는 건설 현장에서 일하기 때문에 지방에 거주한다. 내 입장에서는 자녀도, 남편도, 조카도 없고, 엄마 입장에서는 며느리나 사위, 손주도 하나 없는 매우 단출한 식구다.

덕분에 '가정의 달' 팡파르를 울리며 축제 분위기를 조장하는 5월이 되면 조금 뻘쭘하다. 무심한 척, 쿨한 척 넘어가긴 하지만 가끔은 가족이 없는 사람, 가정을 이루지 못한 사람도 많을 텐데 그들도 나처럼 뻘쭘하겠다 싶은 모난 생각이 드는 건 어쩔 수 없다.

실제로 지난해 우리나라 1인 가구가 부부+미혼 자녀 가구수를 추월했고, 한부모+자녀 가정도 205만 가구를 넘어섰다고 한다. 앞으로 이런 소규모 가구의 상승 추세는 계속될 거라는데, '가정의 달'은 이대로 괜찮은 건가 의구심이 든다.

물론 가족이 중요하다는 사실을 부인하는 건 아니다. 하지만 다양한 가족의 형태가 생겨나는 요즘, '가족'이라는 게 과연 혈연으로만 규정지을 수 있을까 하는 근본적인 의문이 드는 건 사실이다.

10여 년 전, 캐나다에 갔을 때였다. 워커홀릭으로 살다가 몸과 마음이 고장 나서 도망치듯 떠났더랬다. 아무 연고가 없는 상태로 떠나온 터라 겨우 홈스테이할 곳만 구해서 머물고 있었는데, 도착한 지 한 달이 막 지나서 홈스테이와 문제가 생겨버렸다. 하루아침에 쫓겨나게 된 상황에서 딱히 아는 사람도 없었으니 막막 그 자체였다. 그때 생각난 것이 만난 지 얼마 되지 않은 교회 언니였다. 용기를 내서 전화를 걸었다. 언니는 한달음에 달려와서는 내 짐을 들며 보스처럼 말했다.

"우리 집으로 가자."

원룸이어서 낯선 나와 함께 지내는 게 불편했을 텐데 언니는 한 달 동안 아무 조건 없이 나를 먹여주고 재워주었다. 내가 돈을 낸다고 해도 막무가내였다.

"나도 여기 처음 왔을 때, 정말 외롭고 무섭고 막막했거든. 그래서 어떤 심정인지 잘 알아. 여기선 서로 돕고 살아야 해. 당연한 거니까 편하게 지내."

다정한 호의에 마음이 씩씩해졌다. 덕분에 난 홈스테이에서 쫓겨난 충격에서 빨리 벗어날 수 있었고, 예쁜 방 하나를 얻어서 무사히 언니 집에서 독립할 수 있었다. 하지만 언니와 함께 그 집에서 보낸 한 달이 캐나다에서 보낸 1년 중 가장 유쾌하고 행복했던 시간이었다.

그렇게 내가 나부터 살겠다고 캐나다로 떠나 살고 있을 때, 엄마는 서울에서 혼자 지내야만 했다. 오빠는 지방에서 근무하고 있었던 터라 집에 자주 들를 수 없는 상황이었다. 나중에 안 사실이지만 내가 캐나다에 머무는 1년 동안 내 고등학교 친구 두 명이 정기적으로 엄마에게 전화를 걸어 안부를 물었다고 한다. 내가 없는 자리를 대신 메워주고 있었던 것이다. 귀국해서 엄마한테 그 이야기를 듣고 고맙다고 하자, 친구들의 핀잔이 돌아왔다.

"너 예뻐서 한 거 아니야. 어머니가 우리 고등학교 때 끓여주신 라면이 몇 그릇인데."

라면은 위대하다. 수십 년이 지난 뒤에도 부메랑이 되어 이런 식으로 엄마에게 돌아오니 말이다.

작년에 방영했던 〈나의 아저씨〉라는 드라마에서 인상적인 장면이 있었다. 아이유가 분한 지안이 퇴근길에 동훈(이선균)과 동행하는 장면이었다. 동네 사랑방 같은 주점 '정희네' 앞에서 후계동 아저씨들과 정희(오나라)를 만난 지안. 그들은 외진 데 사는 지안을 보호하듯 에워싸고 집까지 함께 걸어간다. 마치 호위무사처럼.

그리고 폭력과 외로움으로 얼룩진 지안의 집 앞에 이르자, 상훈(박호산)은 이웃에 사는 한 남자를 부른다. 그러면서 "이상한 놈들 기웃거리지 않는지 평소에 좀 잘 봐봐."라고 당부한다. 그리고 돌아가면서 정희가 지안에게 나지막이 속삭인다. "잘 자요."라고.

이들의 사소한 돌봄은 고된 삶으로 차갑게 굳어버린 지안의 마음에 작은 균열을 일으킨다. 처음으로 만난 낯설고도 따뜻한 친절. 그 덕에 늘 경직되어 있던 지안의 세계는 변한다.

조금 엉뚱한 비약인지 몰라도 나는 그 장면에서 또 다른 가족의 모습을 보았다. 피가 섞이진 않았으나 서로가 서로를 돌보는 수고를 기꺼이 감당하는 사람들. 그래서 힘겨움을 견디고 살 수 있도록 희망을 주는 사람들. 그런 관계도 새로운 모습의 가족이라고 할 수 있다.

우리나라 사람들은 유독 혈연에 집착하는 경향이 있다. 어쩌면 그래서 더 가족을 중요하게 여기는지도 모르겠다. 하지만 가정의 달에서 제시하는 가족의 개념에서 조금 벗어난 우리 가족 같은 경우, 피를 섞지 않은 관계가 베푸는 친절과 관심, 돌봄 덕분에 살았다. 그래서 그런 관계들이 가족만큼 중요하다. 물론 나도 살면서 꾸준히 그 빚을 다른 누군가에게 갚아야 한다고 생각한다.

"가족끼리 서로를 보살피는 것은 당연한 의무다. 무슨 일이 생기면 상대를 배려하고 돕는 것이 가족이다. 진정한 가족은 핏줄로 이어진 가족을 뛰어넘는 곳에 존재한다."

시모주 아키코, 『가족이라는 병』 중에서

비혼과 기혼,
어떤 게
더 나을까

"비혼과 기혼, 어떤 게 더 나을까?"

이 질문에 사람들은 어떤 대답을 할까. 문득 궁금해졌다. 각자 처한 상황에 따라서 천차만별의 답이 나올 것이다.

얼마 전 친하게 지내던 동생이 둘째를 낳았다. 이 동생으로 말할 것 같으면, 이해심과 관대함이 거의 예수님급인 남편을 만나서 결혼 10년 차에 이르기까지 만인의 부러움을 받으며 자유롭게 살아온, 보기 드문 유부녀였다. 그래서인지 아이에 대한 관심이 없었는데 4년 전에 덜컥 임신을 했다. 계획에 없던 일이었기에 적잖이 당황하더니 웬걸, 연달아 둘째까지 낳았다.

그런데 이 자유 부인이 둘째를 낳고 나서 변했다. 세상 걱정 없던 타입이었는데 어느 날부터인가 걱정과 염려의 말이 많아졌다. 들어보면 결국 돈 걱정이었다. 외벌이로는 아이를 키우기 어렵다, 남편의 수입만으로는 한계가 있으니 둘째가 두 살이 되면 나도 일하러 나가야겠다, 그런데 내가 무슨 일을 할 수 있을지 모르겠다는 등 걱정에 걱정이 꼬리를 물고 이어졌다.

갑자기 두 아이의 엄마가 되었으니 미래가 두렵고 걱정되는 건 당연한 일. 그 마음도 알 것 같아서 난 그의 고민을 진지하게 들어주었다. 1절까지만 했으면 괜찮았을 텐데, 문제는 그다음이었다.

"언니는 혼자라 편하겠다. 부양할 가족이 없으니 무슨 걱정이 있겠어."

이야기가 그렇게 튈지 전혀 예상하지 못했던 터라, 그 순간 나는 허를 찔린 느낌이었다. 게다가 내가 프리랜서로 고단하게 사는 걸 오랫동안 봐온 친구였기에 더 당혹스러웠다.

"미래에 대해 염려가 되는 건 비혼이든 기혼이든 다 마찬가지지. 미래가 보장된 사람이 몇이나 되겠니?"

"그래도 누군가를 부양해야 하는 부담은 없잖아. 자기 한 몸만 챙기면 되니까 훨씬 편하지."

기시감이 들었다. '혼자니까 편하겠다', '얼마나 자유로워',

'하고 싶은 거 다 하면서 살 수 있잖아'… 그러고 보니 내가 살아오면서 남들에게 수도 없이 들은 말이었다. 물론 틀린 말은 아니지만, 그렇다고 무조건 다 맞는 말일까.

'난 항상 독거노인이 돼서 죽을지도 모른다는 두려움이 있어. 나도 이제 그만 일하고 싶을 만큼 지치기도 했고. 때때로 누군가 나 대신 결정 좀 해줬으면 좋겠다. 부양해야 할 자식이 부담되기도 하지만, 그 자식이 살아가게 하는 힘이 되기도 하잖아.'

이런 생각이 머릿속에 떠다녔지만, 그 친구의 얼굴을 보니 내 말이 귀에 들 것 같지 않았다. 그리고 '누가 누가 더 힘든가' 경쟁에서 승자가 되는 게 무슨 의미가 있으랴 싶어서 "그래. 비혼이라 더 편해." 하고 수긍해주었다.

집에 돌아오는 길, 생각이 많아졌다. 지금은 육아휴직을 쓰는 일이 당연해졌는데도 여전히 눈치가 보여 못 쓰는 사람도 많다고 한다. 눈에 밟히는 아이를 두고 복직한 다음에도 일과 육아를 병행하기란 또 다른 어려움이고. 그런 때 기혼 여성들을 가장 많이 이해하고 배려해줄 수 있는 사람은 결국 같은 여성이 아닐까. 내 경우에는 직장생활을 할 때 임신하거나 아이가 있는 여성 동료들이 해야 할 몫을 대신하거나, 다른 팀원들과 나눠서 한 적이 꽤 있다. 또 우리나라에서 현재 부양가족이 있는 사람들이 받는 혜택은 1인 가구가 받는 혜택보다 많은 편이다. 아파트 청약을 받을 때도 1인 가구는 청약 가점 면에서 점수를 받을 수 없기 때문에 당첨 가능성은 확연히 떨어진다. 내가 비혼이라는 이유로 세금을 내는 만큼 혜택을 못 받는다 해도 아이를 양육하는 가족이 받는 혜택에 대해 불평의 마음을 가져본 적이 없다. 부양가족이 많을수록 떠안게 되는 경제적 부담을 어느 정도 이해하고 있기 때문이다.

세금뿐만 아니라 나를 비롯해서 주변의 비혼 남녀들을 보면 부모님께 경제적인 지원을 넉넉하게 하거나 연로하신 부모님과 함께 사는 경우도 꽤 많다.

치매 초기인 친정 엄마를 돌봐드리고 싶지만, 아이 때문에 마음껏 가볼 수 없어서 안타까워하는 친구가 있다. 반면에 한 싱글 후배는 어머니가 돌아가신 뒤 치매 초기 판정을 받은 아버지를 자신의 집으로 모시고 왔다. 결혼한 두 언니보다 자신이 돌보기 더 편한 상황이라며 수고를 자처한 것이다.

결혼한 형제들 대신 부모와 함께 살거나 더 자주 돌보는 경우는 이 외에도 많다. 비혼이라고 해서 마냥 속 편하고 이기적으로 저 혼자 잘 사는 건 아니라는 뜻이다. 기혼자들이 자녀가 주는 기쁨과 행복을 누리는 대신 그만한 짐을 지듯, 비혼자 역시 자유로운 대신 그만한 짐을 지고 산다.

그래서 '비혼은 아이 없는 사람보다 더 편하다'거나 '혼자니까 미래가 더 보장된다'는 생각은 1+1=2처럼 딱 떨어지는 공식이 될 수 없다. 만약 그런 전제가 맞는다고 여길 경우, 한쪽에 불공평한 무게가 더 실릴 수 있기 때문에 더더욱 그렇다.

나는 아이가 있는 친구들의 양육 걱정과 그들의 노고를 이해하고 언제나 그들을 응원한다. 분명 그들에 비해 내가 자유롭고 무게가 덜할 수 있다는 점도 인정한다. 어쩌면 나도 양육의 고단함과 부담감 그리고 사회적 자아를 잃어버리는 상실감을 제대로 이해하지 못하고 있을지도 모르겠다. 그렇다 하더라도 자신이 경험하지 않은 상대방의 입장이나 상황에 대해 이야기하는 건 조금 더 신중할 필요가 있다고 생각한다. 그건 비단 비혼이냐 기혼이냐의 주제에만 국한되는 문제는 아닐 것이다.

누가 더 힘들고 어느 쪽이 더 손해인지를 따지는 일이 무슨 의미가 있을까. 모두가 각자에게 주어지는 무게를 짊어지며 살아가는 생일 텐데. 서로의 입장을 완전하게 다 이해할 순 없어도 내가 겪지 않은 생에 대해 함부로 판단하거나 조언하지 않으며 누군가도 나만큼 불안하고 걱정 많은 존재로 살면서 그 나름대로 용쓰고 있다는 것을 알아주길 바라는 건 너무 순진한 바람일까.

아이를
낳아야만
어른이 된다?

언젠가 직장 동료와 얼굴을 붉히며 언쟁을 한 적이 있다. 세월호 참사에 대한 이야기를 할 때였다. 그 남자 동료는 나와 정치적 견해가 완전히 다르기 때문에 가급적 그와 관련된 이슈를 피하는 편이었는데, 세월호에 대한 이슈만큼은 통했다.

그는 '내가 아이를 낳아보니 그게 그렇게 가슴이 아프더라고' 하면서 분개했다. 거기까지는 괜찮았다. 곧 이야기가 비혼 대통령에 대한 토로로 이어졌는데 방향이 엉뚱한 데로 흘렀다.

"아이를 안 낳아봐서 그래."

난 세월호 참사 이전부터 그 비혼 대통령에 대한 적극적 반대자였지만, 동료의 그 이야기만큼은 절대 동의할 수가 없었다. 사실 대통령의 무능을 증명하는 수많은 사건이 벌어지고 나서, 그녀에 대한 분노가 쏟아질 때마다 꼭 등장하는 말이었기에 새삼스러울 것은 없었다.

평소에는 그런 말을 들어도 씁쓸한 마음으로 꿀꺽 삼켜버리거나, "결혼 안 했다고 다 그런 건 아니죠."라고 가벼운 반박을 하는 선에서 그쳤다. 게다가 공연히 정색하고 반박했다가 서로 무안해지는 상황이 되는 것도 싫어서 피한 적도 있다. 그런데 그렇게 쌓아두었던 그동안의 감정이 그에게 튄 것이다.

"○○씨는 아이를 낳고 나서야 그게 가슴이 아팠을지 모르겠지만, 난 아이를 낳지 않아도 그런 일을 보면 가슴이 아팠고, 울었어요. 그건 아이를 낳고 안 낳고의 문제가 아니라 타인의 고통에 공감하느냐 못 하느냐의 문제라고 생각해요."

그가 내 말에 흠칫하는 걸 보자, 좀 심했나 싶었지만 한 번쯤은 해야 할 이야기인 것 같아 다시 차분하게 말했다.

"아이를 낳았다고 해서 다 성숙하고 세상을 다르게 보게 되는 건 아니에요. 아이 낳고도 철 안 드는 사람이 얼마나 많아요? 아이를 낳지 않으면 뭘 모른다고 단정하는 건 결혼을 하지 않은 사람이나 아이를 낳지 않은 사람에 대한 무례가 될 수 있어요."

그렇게 다 쏟아내고 돌아오는 길, 마음이 참 찝찝했다. 다들 결혼을 해야 어른이 된다고 하고, 아이를 낳아야 부모 마음을 안다고 한다. 그 말에 어느 정도는 동의한다. 살면서 아주 특별한 경험을 하는 일이니까. 그러나 그렇다고 해도 모든 인류에 똑같이 적용될 수 있는 말인지에 대해서는 회의가 든다. 그 말이 편견을 허용하고 만들어내기 때문이다.

누군가의 마음을 헤아리고 그 사람의 입장이 되어 함께 아파하고 짐을 같이 져주는 것. 그것이 왜 아이를 낳아봐야만 알 수 있는 영역이라고 규정해버리는지 동의가 되지 않는다.

부모가 되는 과정을 무시하는 것이 아니다. 결혼을 해서 배우자를 통해 얻는 것도 많지만, 잃는 것도 분명히 있다. 육아를 통해 더할 수 없는 기쁨과 모성애를 느끼지만, 내 맘 같지 않은 아이들을 보며 피눈물을 흘리고 인내를 배운다고 한다.

나는 그런 과정을 겪지는 않았지만 결혼과 출산, 양육이 사람을 성숙하게 만드는 부분도 분명히 있을 것이라고 생각한다. 출산과 양육의 과정을 거치면서 전보다 표정이 한결 편안해지고 부드러워진 사람들을 많이 봤으니까.

방송국에서 같이 일했던 한 여자 피디 역시 그랬다. 출산을 하기 전에는 작가들의 원고를 까다롭게 수정하기로 유명했다. 그래서 그녀가 출산 휴가를 마치고 다시 복귀하게 되었을 때,

함께 일하게 된 작가는 잔뜩 긴장을 하고 있었다. 그런데 완전히 기우였다. 돌아온 그녀는 그전과 달리 훨씬 여유로운 모습이었다. 양육을 하느라 에너지를 많이 소모한 탓이기도 하겠지만, 나중에 그 피디에게 아이를 낳은 뒤에 세상을 보는 눈이 바뀌었다는 말을 들었다. 아이를 기다려주는 엄마가 되고 싶은데 그러려면 직장에서도 그런 사람이 되어야 할 것 같다고 했다. 나까지 덩달아 기분 좋아지는 반가운 변화였다. 그 피디처럼 친구들 중에도 출산과 양육을 통해 성숙해진 경우도 많다.

반면 아이를 낳자마자 자기 세계에 갇혀서 개인으로서의 모든 것을 그만두고 아이에게 올인하는 사람도 봤고, 만나면 다른 사람의 안부나 이야기는 건성으로 들으면서 아이 학원이다 뭐다 하는 교육 이야기에만 열 올리는 친구도 있었다. 내가 예전에 알던 그 친구가 맞나 싶을 정도로 자기 가족 안에 매몰되어서 다른 사람의 삶에는 아예 스위치를 꺼버린 모습도 봤다.

비혼도 크게 다르지 않다. 사는 게 팍팍하고 외로워지다 보면 히스테릭해지는 사람도 있다. 친구들과의 관계를 단절하고 외골수처럼 고집스러워지는 경우도 있다. 반면 혼자 살면서 자기 일을 즐기고 주변을 돌아보면서 사회적 책임을 다하며 자기 역할을 해내는 싱글도 많다.

누구나 각자에게 주어진 환경을 어떤 생각으로 받아들이고 그 환경 안에서 어떤 사람이 될지를 선택하면서 달라질 뿐, 결혼이나 출산을 해야만 어른으로서 성숙해지는 건 아니다.

　"아이를 낳아야 부모 마음을 안다."

　"결혼을 해야 어른이 된다."

　"멀쩡해 보이는데 왜 결혼을 안 했어?"

　이런 말은 접어두자. 이제 나와 다른 편에 서 있는 사람을 나의 기준에서 함부로 판단하지 않는 연습을 해야 진짜 성숙해질 수 있다.

"인간적 성숙은 낯선 대상을 받아들이는 과정에서 혼란과 갈등을 겪으며 자기와 세상에 대한 이해가 깊어질 때 일어나는 것이다."

은유, 『싸울 때마다 투명해진다』 중에서

닮고 싶은
싱글 선배,
엄마

가장 사랑하면서도 많이 싸우는 사람. 마음에 콕 박힌 가시처럼 나를 콕콕 찌르는 사람. 바로 엄마라는 존재다. 엄마와 하루 종일 같이 붙어 있는 날엔, 적어도 한 번은 티격태격한다. 늘 뒤돌아서면 후회하며 스스로를 쥐어박으면서도 말이다. 별것 아닌 일에 티격태격하지만 난 어느 누구 못지않게 엄마부심이 강한 편이다.

고등학생 때 내가 연극을 하겠다고 공부를 등한시할 때, 다른 친구들의 엄마들은 결사반대를 했지만 우리 엄마는 달랐다.

반대는커녕 밥차 아줌마처럼 연극반 친구들한테 라면과 밥을 해주기 바빴다.

엄마의 지원과 응원은 결국 내 멋대로만은 살 수 없게 하는 '당근 같은 채찍질'이었다. 그래서 2학년 때 반에서 거의 꼴찌 그룹까지 내려갔던 나는 고3이 되자마자 공부에 올인했다. 2년 내내 속만 썩이다가 겨우 정신 차린 딸이 기특했는지 엄마는 자율학습을 하는 나를 위해 늘 저녁 때마다 갓 지은 밥으로 도시락을 싸서 학교 경비실에 맡겨놓곤 했다. 물론 집이 학교 코앞에 있어서 가능한 일이었지만. 사실 따끈한 밥보다 더 기다린 건 가끔 엄마가 도시락에 넣어준 쪽지였다. "힘들겠지만 조금만 참아.", "우리 딸 고생하는 거 보면 엄마 마음도 아프네." "우리 딸 힘내." 하는 내용의 쪽지들.

특별하게 감동적이거나 뭉클한 내용은 아니었다. 하지만 어쩌다 도시락 속의 쪽지를 발견하는 날에는 마음속에서 엄마가 보낸 치어리더 열댓 명이 튀어나오는 기분이었다. 세상에서 가장 큰 지지와 응원을 받는 느낌이었다. 나는 그런 응원을 등에 업고 독하게 공부했고, 덕분에 대학에 입학했다.

고등학교 졸업 이후로 끊겼던 엄마의 쪽지를 마흔이 넘어 또 받았다. 내가 독립해서 혼자 살며 새벽 별을 보고 출근해 밤 별을 보고 퇴근할 때였다. 낮에 엄마가 집에 다녀간 날은 문을 연 순간, 알았다. 맨날 급하게 튀어나가느라 헝클어진 신발들이 줄 맞추어 가지런히 정리되어 있었기 때문이다.

'엄마 왔었구나' 하면서 자동적으로 책상을 보는데 어김없이 쪽지가 놓여 있었다. 레퍼토리는 늘 비슷하다. 뭐 갖다 놨으니 어떻게 먹어라. 아침밥은 꼭 먹어라.

냉장고를 열어보면 냉장고에서 상해가는 음식들 대신, 당신 이 정성스럽게 새로 해온 반찬들로 꽉 채워져 있었다. 우렁각 시 엄마의 흔적들은 참 묘하게 시큰한 위안이 되었다.

열심히 일하던 방송국에서 하루아침에 짤리고 상처받은 마음으로 두문불출할 때, 하루는 내가 걱정된 엄마가 반찬을 싸 들고 왔다가 마침 내가 외출한 참이라 길이 어긋난 적이 있었 다. 나는 그때 엄마가 남겨준 쪽지를 아직도 기억한다.

"네 마음을 아껴줘. 힘내."

나는 그 말에 울컥했다가, 엄마가 크게 쓴 '힘내'라는 글자를 보고 웃어버렸다. 얼마나 강조하고 싶었으면 글자 포인트를 키우고 따옴표까지 붙였을까.

나를 울리고 웃기는 귀여우면서도 현명한 엄마. 분명 '네 마음을 아껴줘'라는 말은, 누구보다 나를 잘 아는 사람만이 할 수 있는 가장 적절하고도 다정한 당부였다.

　요즘은 일부러 여유를 가지려고 노력하면서 엄마와 좀 더 많은 시간을 보내려고 한다. 이제는 내가 엄마를 보살피고 응원하고 아껴줘야 할 때가 된 것이다.

　산책을 좋아하는 엄마를 위해 미세먼지가 없는 날에는 종종 공원으로 함께 산책을 나간다. 예전에는 쉬지 않고 내리 한 바퀴를 돌았는데 요즘에는 중간에 한 번은 쉬어야 한다. 그래서 벤치에 앉아 텀블러에 담아온 차를 함께 마시기도 하고, 기분을 내고 싶은 날에는 공원 앞에 있는 커피전문점에 들어가서 (엄마 말로는) 비싼 커피를 마시며 수다를 떨기도 한다.

　엄마와 함께하는 산책의 묘미는 봄과 가을에 있다. 모든 생명체와 대화 나누기를 즐기는 엄마는 공원을 돌며 곳곳에 뽐내듯 활짝 핀 들꽃들을 보고 말을 건다.

　"너희가 나한테 큰 기쁨을 줬어. 고마워."

　며칠 전에는 처음 본 꽃이라며 다가가 반가워했다.

　"이 나비꽃 참 예쁘다."

　"엄마. 이 꽃 이름이 나비꽃이었어? 이름 예쁘네."

　"내가 방금 지었어. 나비처럼 생겼잖아."

　엄마는 보이는 대로 이름을 짓는다. 어떤 나무는 꽃잎이 밥

풀처럼 생겼다고 밥풀나무라고 했다. 그러고는 둘이 깔깔대며 웃었다.

하루는 산책을 하다가 엄마와 함께 수영장에 다니는 친구 분을 만났다.

"따님하고 같이 산책하세요? 아저씨는 왜 같이 안 오시고?"

으레 하는 아줌마들의 영혼 없는 호구조사에 엄마는 이렇게 대답했다.

"우리 집 양반은 혼자 유럽여행 갔어요. 거기가 재밌는지 일년에 한 번씩만 와요."

그 말을 들은 아주머니가 어리둥절해하다가 이내 알아듣고 박장대소했다.

아빠를 떠나보낸 지 이제 18년이 된 싱글 선배, 엄마. 나는 엄마를 닮고 싶다. 내가 가진 노년에 대한 희망은, 딸은 엄마를 닮는다는 말이 나에게도 적용되기를 바라는 것이다. 엄마가 꽃에 인사할 때마다 남사스러워 모른 척을 했는데 어느새 나도 따라 하고 있다. 그런 나를 볼 때마다 깜짝 놀라다가도 안심이 된다. 나이가 들수록 다정하고 유쾌한 엄마를 닮아가는 게 좋아서.

엄마와 몇 번의 봄을 더 보낼 수 있을까. 불쑥불쑥 그런 생각

이 든다. 이렇게 엄마와 손잡고, 꽃길을 걸으면서 웃고, 꽃들한
테 인사하고, 이런 시간이 어쩌면 몇 번 안 남았을 수도 있겠다
는 생각. 그러자 이 짧은 봄이 말로 표현할 수 없을 만큼 소중
하게 느껴졌다. 놀이공원에서 아직 타고 싶은 것이 많이 남았
는데 벌써 문 닫을 시간이 되었다는 안내 방송을 들었던 순간
처럼.

꽃과 나무한테 인사하는 엄마 모습을 내 눈에 많이 담아놔야
지. 더 자주 손잡고 다녀야지. 남은 봄들을 아주 행복하게 보내
야지.

나는 앞서가는 엄마의 뒷모습을 한참 바라봤다. 너무 졸아든
엄마의 뒷모습은 사그라든 꽃 같았다. 커피 잘 마시고, 꽃구경
잘 하고, 하하호호 잘 웃어놓고 자꾸 꿀렁거리는 주책맞은 마
음 같으니라고.

어디에도 못 끼는
비청년 가구의
청약분투기

난 마흔한 살에야 독립을 했다. 늦은 독립에는 이유가 있었
다. 18년 전 아버지가 돌아가신 후로는 독립이라는 걸 생각해
본 적이 없었고, 오빠는 회사 사정상 지방 근무를 해야 했기 때
문에 남은 식구는 엄마와 나 둘뿐이었다. 고작 두 식구가 따로
따로 살 필요도 없고 그럴 만한 돈도 없었던 것이다.

그러다 오빠가 서울로 발령을 받으면서 휴화산처럼 잠잠하
던 내 마음에 갑자기 '독립'이라는 활화산이 활동하기 시작했
다. 그날부터 대출받을 수 있는 방법들을 알아봤고 금세 원룸
전세를 얻기로 했다.

그때 처음으로 내 집을 얻기 위해 혼자 부동산이라는 곳도 다녀보고, 집도 알아봤다. 나이만 먹었지 세상 물정 모르는 상태에서 집을 구한다는 것은 어려운 일이었다. 무엇보다 공연히 마음이 상했다. 내가 갖고 있는 돈과 내가 살고 싶은 집과의 괴리가 너무나 컸기 때문이다.

눈과 마음에 들어오는 곳은 도무지 내 돈으로는 들어갈 수 없었고, 내 돈에 맞춘 집은 도무지 내가 행복하게 살 수 없을 것 같았다. 집 구하는 일이 이렇게 어려울 줄 몰랐다고 투덜대자 동네 부동산 아주머니가 웃으며 한마디 했다.

"집을 구하는 과정도 결혼과 비슷해요. 집을 보러 다니다 보면 내가 가진 것과 내가 바라는 것의 차이를 알게 되죠. 이 집 저 집 다니면서 정신도 차리고 결국 나한테 딱 맞는 집을 찾게 되더라고요. 그 전에 포기해야 할 건 포기하고 정말 타협할 수 없는 것만 남게 되죠."

과연 '탈무드야 길을 비켜라' 할 정도의 지혜였다. 아주머니의 말을 듣고 곰곰이 생각해보았다. 내가 정말 타협할 수 없는 중요한 가치는 무엇일까? 내가 진짜 추구하는 삶은 어떤 삶일까? 그렇게 살기 위해 내게 부족한 것은 무엇인가?

분에 넘치는 욕심만 한가득, 가진 건 없으면서 계속 더하기에 곱하기만 하고 있었다. 게다가 아무것도 포기하긴 싫고. 그러니 집을 보러 다닐수록 한없이 불행한 사람이 될 수밖에.

'정 없으면 독립 안 하면 되지! 그러니까 급하게 서두르지 말자. 더하지 말고 무조건 빼자. 하지만 내가 포기할 수 없는 단 한 가지는 채광.'

그렇게 조건들을 거르고 나니 마음이 편해졌다. 한 계절이 채 지나기도 전에, 부동산 아주머니의 경험에서 우러난 지혜를 몸소 겪었다. 얼마 뒤 예산을 크게 초과하지 않는 범위에서 마음에 드는 집을 찾아 계약한 것이다. 이런 집이 어디서 나왔을까 싶을 정도로 좋은 위치에 새로 지은 도시형 생활주택 원룸이었다. 무엇보다 채광이 좋았다. 그곳에 사는 3년 동안 모든 것에 만족했고, 감사한 시간을 보냈다.

그때 집을 구하면서 처음으로 주거 문제를 현실적으로 고민했고, 노후를 위해서는 작더라도 '내 집'을 마련해야겠다고 결심했다. 모아놓은 돈이 많지 않은 상황에서, 내가 일하는 곳을 포함한 생활권을 고려했을 때 서울이나 경기권에 청약을 지원하는 것이 가장 합리적이었다. 다행히 오래전에 청약 통장을 만들어놓았고, 내 집을 가졌던 적이 없으니 가점이 높을 거라 안심했다. 그게 얼마나 순진한 기대였는지 그때는 몰랐다. 실제로 몇 번을 도전했으나 번번이 실패했다. 왜 자꾸 떨어지는지 궁금해서 가점 커트라인을 확인해보고 깜짝 놀랄 수밖에 없었다. 내 청약 점수는 합격하기에 턱없이 낮았던 것이다. 원인은 부양가족수에 따른 가점에 있었다. 지금의 청약제도로는 나처럼 부양가족이 없는 1인 가구는 청약에 당첨되기가 거의 불가능한 상황이었다. 방이 달랑 하나뿐인 집에도 부양가족수에 따른 가점이 적용되고 있었다. 울컥했다. '이런 비합리적인 제도가 있나. 이대로라면 투기할 가능성이 더 높은 것 아닌가?' 하는 분노에서부터 '나도 세금 낼 거 다 내는데, 난 이 나라 국민이 아닌가?' 하는 자괴감까지. 이 몹쓸 제도에 분노했다.

나라에서 내놓는 정책의 대부분은 신혼부부와 청년에게 초점이 맞추어져 있다. 나처럼 마흔이 넘어 '청년'에 해당하지 않는 '비청년'들은 주거 정책에서도 소외된다. 요즘 미디어에서 많이 다루는 1인 가구 이슈도 자세히 들여다보면 이제 막 독립을 준비하는 '청년'의 이야기일 뿐이다. 40~50대 비혼인은 철저히 소외되어 있다고 해도 과언이 아니다. 세금은 꼬박꼬박 내는데 정작 국가 정책에서는 투명 인간이 되어버리니, 허탈할 수밖에 없다.

올해 초에 어느 40대 비혼 여성이 청와대 국민게시판에 주거 문제를 언급하며 기존의 청약제도에 관한 청원글을 하나 올렸다. 부양가족수에 따른 가점 기준은 불합리하다, 분양 평형에 따라 다르게 적용되어야 한다, 청약제도의 제도적 오류를 조정

해달라는 내용이었다. 나 역시 그 내용에 공감했다.

청원에 참여한 사람은 1만 8000명 정도. 정책을 만드는 사람들의 눈에 띌 만큼 큰 숫자는 아니었지만, 그렇다고 적은 숫자도 아니었다. 우스갯소리로 우리나라에서 사회적 관심이나 복지 제도의 범위에 끼려면 청년이거나, 결혼을 하거나, 육아를 해야 한다는 말도 있다. 이러한 현실이, 당장은 아니더라도 이 이야기를 꼭 해야겠다고 마음먹은 이유다.

전체로 따지면 세 가구 중 한 가구는 1인 가구라고 한다. 그러니 지금까지 가족 중심으로 제공되어 왔던 사회복지 서비스의 개편이 불가피하다. 싱글, 특히 나이 든 싱글 여성들이 안정된 집을 갖고 주거 독립을 하되, 고립되지 않는 것. 그러기 위해서는 주거 관련 정책과 더불어 공동생활을 할 수 있는 공동체 관련 정책이 시급하다. 그래야 비혼이라는 선택지를 기꺼이 선택하는 사람들이 더 늘어날 것이기 때문이다. 내가 나서서 비혼을 추천하는 것은 아니지만, 비혼을 선택하는 사람들이 조금 더 편한 마음으로 삶을 꾸려갈 수 있는 환경이 갖추어져야 한다. 비혼인을 위한 정책이 하루빨리 수립되어야 할 뿐만 아니라 비혼인을 편견 없이 이해하려는 포용력이 필요할 때다.

나도
혹시
콜 포비아?

"언니, 왜 제 전화 피해요?"

방금까지 메신저로 대화하던 내가 전화를 받지 않자 후배가
남긴 메시지다. 지난해 그 후배와 사이가 잠깐 소원해졌는데,
다른 일들로 바빠서 신경을 못 쓰고 있었다. 그러다 교회 근처
에서 누군가와 중요한 통화를 할 때 후배와 마주쳤다.

따로 이야기를 나눌 만한 상황이 못 돼서 간단하게 인사만
하고 지나왔는데 그게 못내 서운했던 모양이다. 뭔가 오해가
있으면 풀고 싶다는 둥 오늘 그렇게 가버려서 서운했다는 둥
긴 메시지가 배달되었다. 상황이 그러했다고 오해하지 말라며

다독이는 답신을 보내자마자 득달같이 전화를 한 거였다.

전화기에 뜨는 후배의 이름을 보는데 선뜻 통화 버튼이 눌러지지 않았다. 사실 그날은 일 때문에 사람들에게 많이 시달리기도 했거니와, 집에 들어오기 직전까지 누군가와 이야기를 나누고 들어왔던 터라 에너지가 바닥나버린 상태였기 때문이다. 그런 상황에서 후배와 감정을 소모해야 하는 대화를 반복하고 싶지 않았다.

그런 내 컨디션을 알 리 없는 후배는 자기 전화를 피한다고 서운해했고, 나는 또 그 서운함을 풀어주기 위해 정성스레 답신을 써서 보냈다. 전화를 받으면 그만인 걸 왜 안 받아서 사서 고생일까 싶기도 하지만, 정말 받기 부담스러운 걸 어떡하랴.

이쯤 되자 '오해를 풀었으면 됐지 뭘 또 전화까지 해서 확인하려 하지?' 하는 생각이 들면서 후배가 원망스러워졌다. 가끔 이렇게 일이 엉킬 땐 공수표가 될 상상을 한다. 아예 휴대폰을 없애버릴까.

내 통화량은 늘 남아돈다. 통화보다 메신저를 훨씬 더 많이 사용하기 때문이다. 전화가 부담스러워 종종 전화가 오면 메시지로 넘겨버리기도 한다. 지금 상황이 안 되니 메시지를 남겨주면 나중에 연락을 드리겠다고. 그러고 나서 급한 일이 아니면 조금 뒤에 문자나 메신저로 연락을 한다.

내향적인 성향 탓도 있겠지만 전화가 더욱 부담스러워진 건 일 때문이었다. 구성작가와 잡지사 취재 기자로 일을 했기 때문에 매번 누군가를 섭외해야 했고, 수없이 거절을 당했던 것이다. 물론 흔쾌하게 허락해주는 사람도 있지만, 보통 한 번 성공을 하면 세 번은 거절당했다. 정중하게 거절당해도 머쓱한데, 단번에 싫다면서 거절할 때면 온몸이 무안해졌다.

그런 일이 반복되자 전화를 하는 것이 부담스러워져서 미루고 미루다 막판이 되어서야 하곤 했다. 거절에 대한 부담감을 어느 정도 상쇄시켜 준 것이 메일이었다. 직접 대면하지 않으니 거절감도 훨씬 완충되었고, 전달해야 할 사항도 꼼꼼하게 체크하고 보낼 수 있으니 더 편하고 정확했다. 혹시 결례가 될 수도 있으니 내 전화번호를 남기고, 통화 가능한 시간을 알려주면 맞춰서 전화하겠다는 메시지도 잊지 않았다. 다행히 별문제 없이 대부분의 일이 진행되었다. 아마도 그때부터였던 것 같다. 메일 애호가가 된 것이.

친한 사람들과도 되도록 문자나 메신저로 대화를 나눈다. 긴 통화를 선호하지 않는 내가 정반대의 상대방과 통화를 할 때면 곤란함을 느끼기 때문이었다. 나는 도무지 끝날 것 같지 않은 이 통화를 어떻게 마무리해야 할지 모르겠어서 난감하고, 중간에 무슨 말을 해야 할지 대화 거리를 생각하는 것도 부담스러웠다.

표정을 볼 수 없으니 중간중간 잘 듣고 있다는 맞장구를 쳐줘야 하는데 그것도 여간 피곤한 게 아니었다. 어쩐지 얼굴을 보면서 대화할 때보다 더 많은 감정 노동을 요구받는 느낌이 들어서 버거웠달까. 그런 나에게 문자와 메신저는 구세주였다. 답신을 하기까지 충분히 생각할 수도 있고, 필요한 말만 할 수도 있고, 답신할 때를 주체적으로 정할 수도 있으니 나에게는 안성맞춤인 소통 수단이었다.

물론 예외도 있다. 빠르고 정확하게 소통을 해야 할 때나 감정이 격해져서 어떤 말을 해도 오해할 여지가 많겠다 싶을 때는 전화를 하거나 직접 만나서 이야기하자고 한다. 아무리 글을 정교하게 쓴다 해도 문자나 메신저로는 음성이나 표정을 담을 수 없기에 감정이 격할 땐 오해하기가 딱 십상이라는 걸 경험으로 배운 덕분이다.

이렇게 내 나름의 원칙 안에서 애를 쓰지만 지인들 중에는 통화보다 메신저가 더 편한 사람이라고 이해하며 맞춰주는 사람이 있는 반면, 원하는 때 통화가 안 되면 피하는 것으로 오해하는 사람도 있다.

그래서 서운함을 풀어줘야 했던 사람에게는 전화를 하려고 노력한다. 소통은 서로 이해하고 맞춰야 하는 수고를 필요로 하니까. 내 나름대로 이해와 오해 사이에서 균형을 잡으려 노력하지만 여전히 전화는 부담스럽다.

모바일 메신저로 대화를 나누는 사람들 중에는 전화 통화를 두려워하는 콜 포비아족이 늘어나고 있다고 하는데, 나도 과연 콜 포비아족인가 싶다. 어쨌든 나만 그런 건 아닌 것 같아서 위로가 되면서도 이대로 괜찮을지 걱정이 된다.

나도 일상의 소소한 수다를 떨고 싶거나, 다정한 음성이 그리울 땐 통화할 사람을 찾는다. 메신저에 저장된 사람은 208명. 하지만 진짜 내가 필요로 할 때 찾을 수 있는 사람은 열 명도 채 되지 않는다. 어쩌면 나 스스로 생존하기 위해 점점 부담 없고 편한 사람들로 가지를 쳐나가고 있는지도 모르겠다.

점점 좁아드는 관계망 속에서 좀 더 적극적으로 소통해야 하는가, 내가 편한 방법을 고수할 것인가. 어떻게 해야 할지 여전히 고민이다.

미친 척,
탱고 클럽에
가다

소설가 김연수는 수필집 『지지 않는다는 말』에서 달리기를
하면서 활수(滑手)의 상태를 경험한다고 썼다. '활수'는 '무엇이
든 아끼지 않고 시원스럽게 잘 쓰는 씀씀이'를 뜻하는 말이다.

매일 한 시간씩 달린다는 그는, 달리기가 끝나고 난 뒤 자신
의 선택이 옳았다는 것을 확인할 때 세세한 부분까지 삶을 만
끽하려는 넉넉한 활수의 상태를 경험한다고 했다.

나는 이런저런 운동을 했어도 활수의 상태까지는 경험하지
못한 탓에 그 말이 별로 와닿지는 않았다. 나에게 운동이란 그
저 살을 빼기 위한 다이어트 수단이었으니까.

내가 기억하는 한, 난 한 번도 날씬해본 적이 없다. 우량아로 태어나기도 했고 어렸을 때부터 잘 먹어서 늘 통통했다. 지금도 초등학교 5학년 때 이미 자장면 곱빼기를 시켜먹었던 내 놀라운 먹성이 생생하게 떠오른다.

살은 무섭게 쪘지만 이미 파이팅 넘치는 식욕을 제어할 자제력이 없었다. 대학에 들어가서야 비로소 외모에 눈을 뜨게 된 나는 그때부터 온갖 다이어트를 섭렵하기 시작했다.

헬스를 시작으로, 요가, 테니스, 조깅, 근력 운동, 사이클, 홈트까지. 그러나 꾸준히 하지 않으니 다시 요요가 왔고 또 다이어트를 해야 하는 상황이 반복되었다.

어렵사리 빼고 허무하게 금세 다시 찌니 내가 이러려고 살을 뺐나 하는 자괴감이 들고, 그 와중에 갑상선기능저하증에 걸려 몸이 더 처지게 되자 운동과는 점점 멀어졌다.

이런저런 핑계를 대며 운동을 미뤘지만 마흔을 넘기고부터는 사정이 달라졌다. 어느 날 정신을 차리고 보니 내 모습이 폭삭 삭아 있는 게 아닌가. 얼굴과 몸의 모든 피부는 중력의 법칙에 따라 한껏 처졌고, 혈색도 칙칙했다. 체력은 급격히 떨어져 금세 지치는가 하면, 몸 여기저기서 아프다고 아우성이었다.

문득 이런 말이 떠올랐다. "30대에 어떻게 살았느냐에 따라 40대가 결정되고, 40대를 어떻게 살았느냐에 따라 50대가 결정된다." 그 말인즉슨 지금의 삶이 내 미래를 결정한다는 요지인데, 몸도 그렇겠구나 싶었다. 다이어트는 둘째 치고, 이제는 '건강'과 '생존'을 위해서 운동을 해야 할 판이었다. 그런데 운동을 시작하기 전에 늘 치열한 내적 갈등을 겪는다.

'이번 달은 바쁘니까 다음 달부터 하지 뭐.'

'한 정거장 미리 내려서 좀 걷고 계단으로 올라가면 되지 않을까?'

이런 식으로 조금씩 미루거나 스스로와 타협하기 일쑤였다. 꾀가 늘어날수록 드러눕는 시간은 많아졌고, 늘어진 몸은 체력도 끌어내렸다.

'지루하지 않고 좀 재밌게 할 수 있는 운동은 없을까.'

그때 엉뚱하게도 '춤'이 생각났다. 나는 큰맘 먹고 미친 척, 탱고 클럽으로 향했다.

"실수를 해서 스텝이 엉키면 그게 바로 탱고예요."

영화 〈여인의 향기〉에서 알 파치노가 탱고에 서툰 여성에게 춤을 청하면서 한 말이다. 음악과 춤, 그리고 여성을 부드럽게 리드하던 중년의 알 파치노가 이보다 더 멋있을 수 없다 싶을 정도로 완벽하게 어우러진 명장면이었다.

그때부터였을까, 탱고를 배우고 싶었다. 하지만 타고난 몸치인 나는 뻣뻣한 로봇 수준이라 선뜻 나서지 못하다가, 어디서 용기가 났는지 미친 척하고 도전이라도 해보자 싶었다. 무엇보다 춤이 꽤 좋은 운동이라는 점과 즐겁게 할 수 있다는 점이 매력적이었다. 더 늦기 전에 도전해보고 싶기도 했다.

그렇게 소심함을 장착하고 탱고 클럽에 간 게 지난해 봄. 예상대로 내 몸은 매번 잘 추고 싶은 마음을 따라가지는 못했지만, 탱고가 아주 요물스럽게 재밌다는 게 함정이었다. 내 실력은 일천할지언정 음악에 맞춰서 스텝과 호흡을 맞춘다는 것이 상상 이상으로 짜릿했다. 그 맛을 본 덕분에 내 나름대로 꾸준히 했다.

그런데 6개월이 지나도 이놈의 저주받은 몸뚱어리는 계속 버퍼링에 걸려서 다음 단계로 넘어갈 줄을 몰랐다. 동작이 어려워질수록 스텝은 요가처럼 꼬이고, 겨우 하나 넘어가면 그전 동작이 생각나지 않았다. 몸이 못 따라가면 머리라도 좋든가, 머리가 안 되면 리듬감이라도 있든가 해야 하는데 둘 다 안 되니 할 때마다 고구마를 먹은 것처럼 답답했고, 어느 순간부터 속상해지기 시작했다. 현실에서도 치이는 삶인데 취미 활동에서까지 치이는 것 같아 싫었고, 뭐 하나 잘하는 게 이리 없을까 싶어 자괴감이 들고 괴로워서 "에잇, 안 해!" 하면서 때려치웠다.

하지만 두 달을 가지 못했다. 그동안 배운 게 아까우니 일단 다시 해보고 아니면 진짜 접자는 비장한 각오로 다시 탱고 클럽에 갔는데, 이럴 수가! 다시 스텝을 밟는 순간, 잃어버렸던 지갑을 운 좋게 찾은 것처럼 행복했다.

다시 춤을 배우기로 결심하면서, 나는 한 가지 다짐을 했다. 서두르지 않고 천천히 하기. 마치 근육 운동을 할 때 한계라고 생각하는 지점에서 10회 더 해야 하는 것처럼, '이제 아닌가 봐' 하는 지점에서 아주 조금 더 해보기. 곰곰이 생각해보면 흥미와 재미를 떨어뜨린 범인은 '조급함'이었던 것 같다.

영화 〈안경〉에서 한적한 시골 마을에 사는 펜션 주인이 손님들에게 길을 알려주는 방법이 매우 인상적이다. 그저 간단한 그림과 메모를 건넬 뿐인데, 목적지 근처에 이르렀을 즈음 참고하라는 메모에는 이런 설명이 쓰여 있다.

"왠지 불안해지는 지점에서 80미터 더 가서 오른쪽."

그 장면은 어렵게 탱고를 배우고 있던 나에게 작은 깨달음을 주었다. 아닌가? 맞나? 그만 가야 하나? 의심스럽고 불안한 순간에 조금 더 가보는 것. 그 지점을 넘어야 다음이 있다. 탱고뿐만이 아니라 모든 일이 다 그렇다.

누구든 '왠지 불안해지는 그 지점'에 서 있게 될 때가 있다.

40대란 더욱 그런 지점이다. 직업으로서의 글쓰기를 계속해야하나. 노후를 준비한답시고 시작한 자격증 공부를 계속하는 게 맞을까. 내가 잘 살아온 건지, 지금 가고 있는 길이 맞는 건지 고민이 깊었던 요즘, 탱고를 포기하지 않고 계속한 것은 나에게 약이 되어주었다. 규칙적으로 운동하면서 건강해졌고, 자세도 좋아졌다. 또 조급함과 힘을 빼고 삶을 여유 있게 바라볼 수 있게 되었다. 불안해도 조금 더 가보는 용기도 얻었다.

난 아직 활수의 상태가 어떤 건지 잘 모르겠다. 그렇지만 이렇게는 말할 수 있을 것 같다. 춤을 추는 것은 늘 즐거운 일이라고. 좀 서툴더라도 리듬에 나를 맡기고 즐기기만 한다면 단언컨대, 그렇다고.

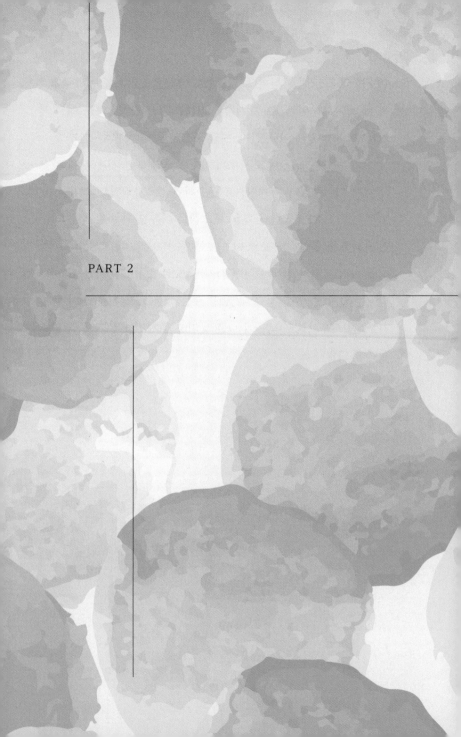

PART 2

나의
폐경을 ——————————— 충분히
애도하며

'괜찮다'는 말로
나를
소독하기

　8년 전, 나는 오랫동안 해오던 기자 일을 그만두고 마흔한
살이라는 나이에 '방송작가'라는 새로운 직업에 도전했다. 거의
100대 1의 경쟁률을 뚫고 어렵게 합격한 나는, 더 이상 이력서
를 쓸 일이 없었으면 하는 마음에 속된 말로 온몸을 불사르며
일했다.

　그렇게 4년쯤 지났을까. 겨우 정규 프로그램을 맡아서 일하
고 있었는데, 개편을 맞아 담당 피디가 바뀌었다는 소식을 들
었다. 몇 년 동안 프로그램에 어느 정도 적응하고 맡은 일을 잘
해냈다고 생각했기에 내 자리에 대한 걱정은 하지 않았다. 그

런데 아무래도 분위기가 이상했다. 육감이 발동해서 내가 먼저 새로 일하게 된 피디에게 조심스럽게 물었다.

"저는 계속 가는 건가요?"

그러자 피디는 원고 뭉치를 정리하며 결심한 듯 말했다.

"물어봤으니 말해야겠네요. 사실 함께 일하고 싶은 작가가 따로 있어서 타진 중에 있습니다."

그 말인즉슨, 나는 아웃이라는 뜻. 너무나 불친절한 해고 통보에 당황할 수밖에 없었다. 그래도 이 직업의 특성상 묻지도 따지지도 말고 조용히 그리고 즉각적으로 물러나야 했다.

해고 선고를 듣고 집으로 돌아가는 길, 지난 시간들이 머릿속에서 파노라마처럼 펼쳐졌다. 생존하기 위해 땅개처럼 박박 기었던 시간들이 억울하다며 속에서 아우성을 치고 있었다. 마흔여섯 살. 쌩쌩 돌아가지 않는 머리를 그저 노오오력으로 어떻게든 극복하려고 하얗게 불태우다가 이제 좀 적응했다 싶은 그 순간에 잘린 그 황당함이란!

게다가 마흔여섯 살의 백수 싱글녀라니. 망망대해에 뚝 떨어진 기분이었다. '열심히 하면 잘돼야 한다'는 룰이 실제 삶에서는 종종 삑사리를 낸다는 걸 알고 있었지만, 당할 때마다 당황스럽고 아픈 건 어쩔 수 없다. 친구 선배 할 것 없이 말은 안 해도 얼굴에 선명하게 쓰여 있었다. '너 이제 어떡하니?'

서른만 넘어도 퇴물 취급하는 사회에서 마흔다섯을 넘긴 여자를 환영해주는 곳은 거의 없었다. 그렇다고 돈도 능력도 안되는 내가 카페나 치킨집을 열 수도 없는 노릇이었다.

하지만 현실적인 문제보다도 내 마음을 괴롭힌 건, 결혼도, 연애도, 일도, 모두 실패한 인생 같다는 자괴감이었다. 게다가 바닥에서부터 다시 시작하자고 하기엔 '46'이라는 나이가 어찌나 무겁던지.

이미 먹은 나이를 뺄 수도 없고, 아닌 척 감출 수도 없고, 그저 무거운 나이를 부여잡고 다시 일어나는 것 외에는 뾰족한 수가 없었다. 나는 독립한다고 대출받은 돈도 갚아야 하고, 각종 공과금과 보험금도 내야 했다. 그래도 스스로를 먹여 살려야 하는 1인 가족의 가장이니까 어떤 일이든 해보려고 여기저기 이력서를 제출했다.

결과는 광속탈락! 대학을 졸업한 이후로 쉬지 않고 열심히 살아왔건만, 내 이력서는 더 이상 누구의 이목도 끌지 못했다. 이쯤 되면 사회가 나의 가능성 자체를 지우개로 지워버리려는 게 아닌가 하는 생각마저 들었다. 탈락이 반복되자 언제부터인가 아무도 나에게 "앞으로 뭐 할래?"라고 묻지 않았다.

나는 비굴할 정도로 움츠러들었고, 어느새 남들은 관심도 가지지 않는 내 모습과 처지에 스스로 지나치게 신경을 쓰고 있었다. 적어도 마흔이 넘은 싱글녀라면 〈섹스 앤 더 시티〉의 '캐리' 정도까지는 아니어도, 그 언저리는 가야 하는 것 아닌가? 뭐 그런 가당치도 않은 이미지를 나 스스로도 갖고 있었다. 아마 그 정도는 되어야 어딜 가도 꿀리지 않고 무시당하지 않을 거라고 여겼던 모양이다.

하지만 내 현실은 달랐다. 어느새 몸매는 망가졌고, 피부는 늘어져 있었다. 넓어진 모공에 푹 퍼지는 몸매, 염색을 안 하면 머리를 귀 뒤로 넘길 수 없을 만큼 많아진 흰머리, 게다가 백수라니! 아, 난 완벽한 루.저.였다.

어떤 누구도 내 삶을 함부로 평가하거나 판단할 수 없음에도, 내 스스로 '루저'라는 낙인을 허용해버리고 말았다. 생각해보면 사회, 타인의 시선과 기준에 나를 욱여넣어서 벌어진 참사였다. 비참한 감정으로 왜곡된 시선이 스스로를 찌르는 칼이 되어 있었다. 내가 살려면, 먼저 칼을 버리고 상처부터 보듬어 줘야 했다. 그때 나를 소독해주는 말이 '괜찮다'였다.

처음에 그 말을 들었을 때는 "넌 안 당해봐서 몰라.", "내가 안 괜찮다는데 왜 네가 괜찮다고 그래?" 하면서 힘차게 밀어냈다. 그런데 그 말을 거부하거나 받아들이는 건 온전히 내 선택이었다. 그 선택에 대한 책임은 내 몫이고. 살고 싶어서, 정말 살고 싶어서 나는 나에게 괜찮다고 말해주기 시작했다.

"백수면 뭐 어때? 괜찮아."

"실패하면 어때? 큰일 나지 않아."

"이쯤에서 잠시 쉬고 다음 라운드를 준비하라고, 내 운명이 쉬는 종을 쳐준 거야."

"그동안 열심히 일하느라 수고 많았어."

스스로를 더 이상 채찍질하지 않고, 탓하지 않고, 자신에게 '뭐 어때? 괜찮아'라고 말해주는 것은 묶인 마음을 풀어주고 상처를 아물게 하는 힘 있는 위로였다. 밑바닥으로 추락했다면 섣불리 오르려고 하기보다 먼저 부러진 날개를 보살펴줘야 한다. 그래야 툭툭 털고 다시 날 수 있으니까.

이력서의 단 몇 줄에는 담을 수 없는 나의 수많은 이야기를 소중하게 여기기로 결심하면서, 루저나 위너가 아닌 그냥 '나'로 살기로 결심하면서, 그제야 나는 자책과 절망의 늪에서 헤어 나올 수 있었다.

모든 문이 다 닫혀버린 것 같아도 솟아날 구멍은 언젠가 생기는 법. 다행히 정기적으로 자유기고를 하는 곳과 연결되어서 많이 벌겠다는 욕심만 부리지 않으면 프리랜서로 적당한 생활을 이어나갈 정도의 돈을 벌 수 있었다. 2018년에는 노후 준비를 위해 공인중개사 자격증 공부를 시작하기도 했다.

누구에게나 삶은 무겁고, 마흔여덟 살 싱글녀의 삶도 만만찮게 무겁다. 그 무게를 견디기 위해서는 "뭐 어때?" 혹은 "아직 늦지 않았어."라는 말로 마음을 소독해주어야 한다. 나는 뒤늦게 배우고 있지만 그래도 괜찮다. 안 괜찮을 이유가 하나도 없지 않은가. 그래서 난 오늘도 내가 꿈꿨던 40대와는 거리가 있지만, 그렇다고 해서 이렇다 할 큰일은 일어나지 않은 보통의 하루를 성실하게 살아내고 있다.

애매한
나이로
산다는 것

"같이 와인 한잔 하실래요?"

속으로 '나?' 하고 잠시 당황해서 두리번거리다, 내가 맞는
거 같아 "좋죠." 하고 마주 앉았다. 마흔한 살이 막 되었을 무
렵, 혼자 동유럽 배낭여행을 갔을 때 헝가리의 한 게스트하우
스에서 머무는 첫날이었다.

스물하나쯤 되었을까? 그녀는 와인 축제에 갔다가 너무 맛
있는 와인을 발견해서 사왔다고 했다. 와인을 따라서 건네는
폼이 외국 생활을 오래 한 듯한 느낌이 들었다. 물어보니 역시
인도네시아가 집이고, 영국에서 공부하는 여대생이었다. 그리

고 몇 시간 동안 그녀와 재미난 수다를 이어갔다. 막 익어가는 청포도 같은 젊음을 느꼈다.

무작정 혼자 떠난 길이라 더 특별했던 여행이었지만 막상 낯선 땅에 당도하자 후회가 파도처럼 덮쳤다. '내가 도대체 무슨 짓을 한 거지?' 하면서 불 위에 올려진 오징어처럼 마음이 쪼그라들었다. 그날도 헝가리에 도착한 첫날이어서 잔뜩 긴장한 상태였다. 그러던 참에 싱그럽기 그지없는 젊은 아가씨가 다가와 와인을 청하니 반가울 수밖에.

지금 돌아보면 무슨 이야기를 나눴는지도 생각이 안 난다. 다만 몇 시간을 깔깔대면서 떠들었던 것밖에는. 그녀는 나를 나이 많은 언니가 아니라 친구로 대했다. 그래서 그날은 술을 즐기지 않는 나도 와인을 연거푸 마셔댔다. 지금 생각해도 동유럽 여행 중 가장 유쾌한 밤이었다. 아주 나중에야 알게 된 충격적인 사실은, 그녀 어머니의 나이가 나보다 딱 한 살 많다는 것이었다.

그날 밤, 그 만남이 오랫동안 내 기억 속에 특별하게 각인된 이유는 하나였다. 그녀가 나를 나이나 직함이 아닌 동등한 한 여행자로 대해주었기 때문이다. 독특한 동등함이었다. 우리나라에선 설사 친하다 하더라도 '나이'가 많으면 뭔가 보이지 않는 선이 생겨버려서 '언니 노릇'도 해야 하고, 자의반 타의반 '언니다움'을 의식하게 된다. 그런 의미에서 아직까지 직함보다 사람 사이에 높은 벽을 만드는 게 나이다.

마흔 넘은 나이에 방송작가 공채에 합격해 라디오 작가를 시작하면서 나에게 가장 장애가 되었던 것 역시 나이였다. 피디들은 나이는 많지만 경력은 미천했던 나와 일하기를 꺼렸다. 거절당하면서 가장 많이 들었던 말이 "나이가 많아서…"였다.

나를 꽤 많이 생각해주는 피디도 어느 날 진지하게 조언을 해주었다.

"누나는 나이 때문에 되게 애매하잖아요. 사실 자리 잡기가 쉽지 않아요. 그러니까 너무 여기에 올인하지 마시고 다른 일도 알아보세요."

걱정해주는 마음이 고마우면서도 한편으론 '그러면 애매한 이 나이가 괜찮은 곳은 과연 어디일까' 싶었다. 갈 데가 없었다. 힘들게 발을 들여놓은 그곳에서 살아남는 것 외에는. 그래서 신입의 마음으로 열심히 해보려고 했지만 그건 내 마음일 뿐, 피디들 입장에서는 영 불편했던 모양이다. 자질구레한 일을 시키기도 어렵고, 머리도 빠릿빠릿하지 못하고, 감각적으로도 떨어질 수밖에 없을 테니까.

현실적으로 나도 새로운 일을 배우는 게 버겁긴 마찬가지였다. 그런 나를 기다리며 가르쳐줄 수 있는 사람이 얼마나 되겠는가. 그러면 내가 내세울 수 있는 건 '경험과 연륜'뿐인데, 그게 필요한 필드는 몹시도 제한적이었다. 어쩔 수 없다는 걸 알면서도 나이 많은 게 죄도 아닌데 죄를 지은 것 같았다.

통계청의 자료에 따르면 2015년 인구총조사에서 30~40대 미혼여성은 138만 4047명이다. 10년 전과 비교해봤을 때 두 배 넘게 급증했다. 2015년을 기준으로 했을 때 30대 여성 세 명 중 한 명, 40대 여성 열 명 중 한 명은 미혼일 정도로 미혼 여성은 쉽게 찾아볼 수 있는 계층이 됐다.

이들을 대상으로 경제활동을 조사한 결과 평균 임금이 218.5만 원이었다고 한다. 서울시 여성 가족재단의 조사에 의하면 30~40대 미혼 여성의 60퍼센트만이 정규직으로 일하고 있다고 한다. 직업 안정성이 높지 않다는 이야기다. 나이 때문에 여기저기서 거절을 당하고, 그래서 사회에서 점점 설 수 있는 자리가 줄어들 수밖에 없다.

후배 한 명이 관리직원 한 명을 뽑는데, 한 달이 넘도록 못 뽑았다고 했다. 이상하게 마흔이 넘은 분들이 원서를 낸다고 한다. "언니, 나도 마흔인데 마흔 넘은 분들을 뽑기가 왠지 어렵더라구요. 모시고 일할 순 없잖아요."

건설 현장에서 일하는 오빠도 경리직원을 뽑는데 사람이 없다면서 하소연을 했다.

"40대 주부들이 지원하는데, 현장 직원들이 다 곤란해해."

방금 전까지 내가 나이 때문에 겪는 어려움을 토로할 땐, 부당하다면서 내 편을 열렬하게 들어주더니만, 사람의 일이 그렇다. 멀리서 보면 근사하게 한마디 할 수 있지만, 막상 내 일이 되면 부담스럽고 피하고만 싶어지는 것. 다만 난 나에게 닥친 '내 일'이니 살 방법을 강구할 수밖에. 구차해지지 않으면서도, 공연한 자존심도 부리지 않는 적당한 선을 찾으면서 말이다.

이제는 누군가 같이 해보자, 이거 해보지 않겠냐고 제안해주는 게 고마운 나이, 40대. 나를 기억해주고 찾아주는 것이 기적처럼 느껴지는 나이, 40대. 이제야 내가 그런 나이에 이르렀다는 것이 실감 나면서 언제까지 지금 하는 일을 할 수 있을지 고민이 깊어졌다.

다행히 얼마 전에 동료 작가에게 주말 프로그램 작가 자리를 제안받았다. 고마우면서도 내 나이가 마음에 걸렸고, 방송 일을 쉰 지도 꽤 되었기 때문에 걱정부터 앞섰다. 피디에게 내 나이와 사정을 말했느냐고 동료에게 물으니 명랑한 답이 돌아왔다.

"언니, 피디가 완전 환영한대요."

'환영한다'는 말이 이렇게 감동적이라니. 촌스럽게 울컥했다. 생각지도 못한 곳에서 환영을 받고 보니 5년 전 헝가리의 밤이 생각났다. 나를 나이가 아닌 나 자체로 봐주었던 싱그러웠던 젊음. 그녀를 닮은 누군가가 나이와 상관없이 나에게 문을 열어준 것이다.

"와인 한잔 하실래요?"

"완전 환영해요."

전혀 상관없는 이 두 마디가 하나의 화음이 되어 나를 격려한다. 그리고 다 안다고 여겼던 만고의 진리를 몸으로 깨닫는다. 누군가를 선입견과 편견 없이 대한다는 것, 또 환영한다는 것은 생각보다 어려운 일이며 성숙해야 갖출 수 있는 태도임을. 그 덕에 나는 또 한 번 버티게 되고 거짓말처럼 힘이 난다.

나의 폐경을
충분히
애도하며

2년 전 10월 어느 날, 산부인과에 갔다. 아무래도 증세가 방광염인 것 같아서 갔는데, 의사는 오랜만에 왔으니 이것저것 검사를 해보자고 했다. 간 김에 하는 것도 좋겠다 싶어서 검사 겸사 검사를 받았고 결과가 나오던 날 다시 병원을 찾았다.

"방광염이 심해요. 좀 일찍 오시지. 일단 항생제로 치료하죠."

예상했던 질병이라 덤덤하게 앉아 있는데, 차트를 보고 있던 의사가 이어서 말했다.

"그런데 방광염은 문제가 아니고요. 어쩌죠. 폐경이 됐어요."

그 순간 세상이 적막해졌다. '어? 뭐라고?' 머릿속이 멈춰버린 느낌이었다.

'40대 비혼. 출산 경험 없음.' 한 번도 진지하게 생각해본 적 없는 여성으로서의 내 나이와 현실이 엑스레이처럼 머릿속에 찍혔다.

생리가 불규칙하긴 했어도 벌써 폐경이 되리라고는 전혀 예상치 못했다. 적어도 쉰은 넘은 뒤에나 닥칠 일이라고 막연하게 유통기한을 정해놓았던 것 같다. 그래서 아무 생각 없이 해맑게 산부인과에 왔는데 폐경 진단을 받게 될 줄이야. 너무 기습적이라 모든 게 비현실적으로 느껴졌다.

"이렇게 갑자기 폐경이 되나요?"

의사는 예의로나마 안타까워하는 표정을 지으며 말했다.

"좀 빨리 온 편이네요."

"한약 같은 걸 먹으면 좀 나아지지 않을까요?"

의사는 아무 대답이 없었다.

"달맞이꽃 같은 건강보조식품을 먹으면 호르몬 수치가 좀 올라가지 않을까요?"

난 당황한 나머지 의사 앞에서 아무 말 대잔치를 했다. 의사도 나에게 무슨 말들을 열심히 했는데, 하나도 귀에 들어오지 않았다. 여성 호르몬 수치가 폐경 기준에서 한참 떨어져 있기 때문에 그런 것들을 먹어봤자 무의미하다는 말만 윙윙거릴 뿐이었다.

병원을 나와서 얼마나 걸었을까. 시간이 지날수록 폐경이라는 단어가 나를 사정없이 찔러댔고 머리와 가슴에서 위산이 분비되는 것처럼 찌르르 쓰라렸다. 그날 밤을 거의 새고 새벽에 잠이 들었는데, 일어나 휴대폰을 켜보니 여러 개의 메시지가 와 있었다. 젠장, 내 마흔여덟 번째 생일이었다.

"요즘 30대 아가씨들 중에도 조기 폐경하는 사람들 많대."

"생리대도 문제 많은데, 홀가분하게 생각해."

"아이 있는 사람도 폐경 오면 허무하고 공허하다더라."

다들 갖가지 말로 나를 위로하려 했지만, 귀에 닿기도 전에 모든 말이 공기처럼 흩어졌다. 내 슬픔과 아픔이 일반화되는 게 싫었다. 지구에서 나만 폐경을 하는 것도 아니고, 나쁜 병에 걸린 것보다야 낫다는 걸 나도 아는데, 위로를 들을수록 속이 상했다. 입을 닫고 내가 나를 위로하고 설득할 수밖에.

'노안이 온 것처럼 내 자궁도 그런 것뿐이야.'

그 생각에 설득당해서 괜찮다가도, 차라리 노안이 오지 눈은 쌩쌩하고 왜 하필 폐경이냐면서 울분이 올라오기도 했다. 밑도 끝도 없는 설움과 원인을 알 수 없는 억울함이 온몸에 차올랐다. 도대체 뭐가 그리 서럽고 억울한 것인지 나도 궁금했다. 그동안 권태기를 맞은 부부마냥 성가셔 하고 무심했으면서 떠나고 난 뒤에 이렇게 유별난 징징거림이라니.

마흔을 넘어서부터는 내 한 몸 챙기기에도 버거워서 임신과 출산에 대한 마음을 접었다. 그런데 폐경 진단을 받고 가장 먼저 든 생각은 어이없게도 아이에 대한 것이었다.

내가 아무리 아이 낳기를 포기했다 하더라도, 실제 임신 불가능한 몸이 되었다는 사실을 '폐경'으로 확증받는 건 생각했던 것보다 마음 아픈 현실이었다. 하지만 그것보다 더 절망스러웠던 것은 이제 내 여성성이 끝장나버린 듯한 느낌이었다.

'난 여자로서 끝난 것일까, 아무도 거들떠보지 않는 무성(無性)의 존재가 되어버리는 것일까.'

여전히 세상은 젊고 아름다운 여성을 좋아하고, 그들에게 더 많이 친절하고 관대하다. 또한 여성은 가지고 싶은 대상이 되어야 하고, 시선이 가는 사람이 되어야 한다고들 한다. 그래야 선택받을 수 있다면서. 나이 든 여자는 그 선택에서 철저히 소외된다.

이런 식으로 여성을 끊임없이 대상화하는 사회 속에서, 나도 어느새 그런 분위기에 동화되었던 모양이다. 난 이미 세상이 좋아하는 여성상에서 멀리 벗어났음에도, 폐경은 그 사실을 더 확고히 하는 사형선고처럼 느껴졌다.

폐경은 여성에게 사형선고일까? 진짜 그럴까? 홍역 같은 시간을 보내면서 스스로에게 질문했다. 이에 대한 답은 내 생각에 달려 있고, 나는 계속 답을 만들어나가야 한다. 앞으로 내 몸이나 삶에서 잃어버릴 것이 더 많으리라는 사실이 나를 더 우울하게 만들었다. 하지만 하나를 잃을 때마다, 몸에서 삐걱거리는 소리가 늘어날 때마다 이렇게 무너질 수만은 없는 노릇이었다.

남들이 뭐라고 하든, 어떻게 보든 개의치 않고 폐경 이후의 삶을 잘 살아내고 싶다. 그래서 아름다움과 여성성을 '젊음'에만 연관시키지 않고, 더 다양한 아름다움이 존재한다는 사실을 기억하려 한다. 무성한 여름나무와 달리 잎을 다 떨궈낸 겨울나무는 본질에 좀 더 가까울 수 있으니까.

내 몸의 젊은 기운이 빠져나가고 시든다는 것이 썩 유쾌한 일은 아니지만, 꽃 피고 잎이 무성한 시절만 사랑해줄 순 없다는 걸 터득하고 있는 중이다. 갑자기 닥친 폐경에 내 나름의 모범 답안을 정해놓고 마음을 다독일 수밖에.

하지만 불쑥 슬퍼지고, 난데없이 밀려오는 허무함에 모든 것이 쓸데없이 느껴지고, 당황스러울 정도로 억울해지는 건 어쩔 수 없다. 롤러코스터 같은 감정, 점점 삐걱거리며 아픈 관절과 근육들. 그 모든 통증에 화가 나고 연민이 일고 슬퍼질 때면, 모범 답안에 짜증이 솟구치기도 한다. '겨울나무는 추할 뿐이지 본질은 개뿔' 하면서.

이제는 매일 온탕과 냉탕을 오가는 나를 조금 기다려주기로 했다. 모범 답안을 향해 나를 등 떠밀지 않으면서, 폐경을 충분히 애도하며 여성으로서 수고한 내 몸을 다독여주려 한다. 그동안 수고했다고. 애썼다고.

이제 100세 시대, 별일 없다면 나도 40년은 더 살아야 하는데 이제 조금 천천히 가도 되지 않을까. 간결하고 깊은 아름다움을 가꾸어나갈 준비를 할 수 있을 만큼은 충분히 젊으니까.

아이유를 바라보는
이효리의 미소처럼

　나도 이효리처럼 나이 들고 싶다. 〈효리네 민박〉이라는 프로그램을 보고 든 생각이다. 〈효리네 민박〉은 실제 이효리네 집에 일반인 민박객을 맞아서 있는 그대로의 생활을 보여주는 리얼 버라이어티 프로그램으로, 이효리와 이상순 부부가 주인이고 첫 번째 시즌에는 가수 아이유가 민박 스태프로 출연했다.
　프로그램이 중반쯤 지났을 무렵, 이효리와 아이유가 길에서 우연히 한 소녀 팬을 만나는 장면이 나온 적이 있다. 아이유의 열성팬이었던 소녀는 너무 기뻐서 눈물을 흘렸고, 아이유는 그런 팬을 다독이며 사인을 해주었다. 그리고 이효리는 그 모습을 차 안에서 지켜보고 있었다. 그런 모습을 바라보며 그녀는 미소 짓고 있었지만 어쩐지 쓸쓸했다. 그러면서 돌아오는 길에 아이유에게 진심을 말한다.

"나는 어딜 가나 주인공이었어. 그런데 최근에 동수 씨(민박집 손님)의 시선과 마음에 너만 있는 걸 보게 됐어. 왜냐하면 동수 씨는 너를 좋아한 세대니까. 이제 내가 그걸 받아들이게 되고, 너를 아끼는 마음이 있으니 그런 모습도 흐뭇하더라. 이제 내가 앨범을 내는데 후배들보다 뒤에 있을 수 있다는 걸 자연스럽게 연습하게 된 것 같아. 그때는 자연스럽게 받아들일 수 있을 것 같아."

자신이 섰던 자리에 선 후배를 흐뭇한 마음으로 지켜봐주는 것. 내려갈 때를 알고 받아들인다는 것. 멋지게 나이 드는 모습을 본 것 같아 흐뭇했다. 그리고 한 사람이 생각났다.

내가 마흔한 살에 공채시험을 거쳐 방송작가로 일하게 되었을 때, 공채 동기로 한 팀에서 일하게 된 열 살 아래 동생이 있었다. 공채 출신 작가들에게 경계심이 있었던 기존 작가들 틈에서 우리는 처음부터 마음이 맞아서 금세 단짝이 되었다. 그리고 방송과 편집 쪽에 경험이 있었던 나는 자의 반 타의 반으로 그녀의 사수 역할을 했다.

희곡을 쓰다 와서 방송 일에 백지 상태인 그녀는 취재원을 찾는 것부터 어려워했는데, 피디들과 그녀가 내게 SOS를 보내기도 했고, 나도 그녀가 좋았던 터라 기꺼이 도왔다. 워낙 감각이 좋아서인지 그녀는 금세 적응했고, 갈수록 좋은 결과물을 내놓았다. 그런 그녀의 성장을 흐뭇하게 바라보며 '나보다 더 잘됐으면 좋겠다'는 훈훈한 마음이 들었다. 하지만 그녀에 대한 이런 무한한 호의는 그녀가 나를 앞지르지 않는 선에서만 발휘된다는 걸 그땐 몰랐다.

어느 날부터인가 내가 준비한 아이템과 프로그램이 자꾸 그녀의 것보다 밀리기 시작했다. 그녀는 필이 꽂히면 만루홈런급의 프로그램을 만들어냈다. 기복은 없어도 늘 70~80점에 머물던 나는 흉내 낼 수 없는 특별한 감각이었다. 피디들은 호평 일색이었고, 급기야 특집 때는 그녀가 에이스로 부각되었다.

그때부터 시작된 마음의 전쟁. '질투'라는 활화산이 활동을 시작했다. 그녀의 재능이 부러울수록, 내가 밀릴수록 활화산은 더욱 극성스럽게 활동했다. 내가 누구에게나 지기 싫어하는 질투 대마왕은 아니었지만 어렵게 잡은 직업, 하고 싶었던 일, 나이 많은 작가를 뽑은 사람들의 걱정과 기대감 같은 것들이 복합적으로 작용해 과해질 대로 과해진 의욕이 부른 참사였다.

그녀와 나의 우정이 아슬아슬하게 유지되던 와중에 엎친 데

덮치는 사건이 터졌다. 개편 때 우리 프로그램이 없어져서 졸지에 일자리를 잃게 된 것이다. 경력에 비해 나이가 많았던 우리와 일하겠다는 피디가 없었다. 그때 우리와 친하게 지내던 피디가 그녀의 손을 잡고 기회를 주었다. 콕 집어서 그녀만.

낙동강 오리알이 된 나는 배신감을 느꼈다. 사실 그 피디와 먼저 친해진 것도 나였고, 낯을 가리는 그녀에게 도움이 될까 싶어서 기회가 될 때마다 함께 어울리는 자리를 마련한 것도 나였기 때문이다.

친하다고 해서 꼭 챙겨줘야 하는 법도 없고, 둘 중에 나부터 선택해야 하는 차례가 정해진 것도 아니기에, 내가 느끼는 배신감은 얼토당토않았다. 그러나 한번 비뚤어진 마음은 근거 없는 의심으로 상대를 내 멋대로 단죄하고, 천하의 나쁜 사람으로 만들어버렸다.

'나한테 접근한 게 애초부터 그 후배를 염두에 둔 거였나?'

친해지기 어려운 그녀와 접촉하기 위해 나를 이용했다는 생각마저 들었다. 그 일 이후로 그 피디와는 연락이 끊겼기에 그의 진심이 무엇인지는 알 수 없다. 그저 작가를 선택하는 것은 피디의 영역이니 어쩔 수 없다고 나 혼자만의 해석을 했을 뿐.

그녀는 이런 상황에 대해 말을 꺼낸 적은 없지만 난감해했다. 아무것도 하지 않았으나 내 마음속에서 트러블메이커가 되어버린 그녀. 다행히도 내 질투심보다 그녀를 좋아하고 아끼는 마음이 더 컸다. 그래서 질투에 눈이 멀어 그녀와의 우정을 망가뜨리는 실수를 하지 않으려고 사력을 다했다.

질투에 관한 책을 읽기도 했고, 인생 선배들에게 조언을 구하기도 했다. 새벽기도에 나가서 신의 도움도 구했다. 일과 별개로 인간적인 이야기를 더 많이 나누다가도 마음이 복잡할 땐, 그 친구가 눈치채지 못할 만큼 거리를 조정했다. 내 질투를 들키지 않기 위해, 내 마음의 불을 끄기 위해 얼마나 혼자 분주했던지.

그런 노력은 얼마간 효력을 발휘했고, 다행히 내가 다른 프로그램을 맡게 되면서는 자연스럽게 질투심은 약해졌다. 처음에는 그런 내가 대견했지만 돌아보면 그녀가 워낙 우직하고 품 넓은 사람이기에 가능했던 것 같다. 그녀도 분명 내 팔팔 끓는 열기를 느꼈을 테니 말이다.

결국 나는 방송국을 떠났고 그녀는 방송작가로 자리를 잡았다. 내 처지와 상관없이 그녀의 성공이 기쁘다. 시간이 감정을 희석해준 덕이리라. 다만 내 바닥을 안 보이려고 성숙한 여성 코스프레를 하려다가 삐끗거리며 심통 부렸던 내 분열적 태도들이 떠오를 때면, 지우개로 박박 지워버리고 싶을 정도로 부끄러워진다.

더 이상 센터를 차지하는 주인공일 수 없는 나이, 젊음이 떠나고 사는 게 버거워지는 나이, 기대만큼 성장하지도, 다시 시작할 열정도 없는 나이, 가장 애매하고 힘든 나이, 그래서 모든 게 아쉽고 서럽다는 40대.

이 시간을 지나는 것이 불편하고 서운하고 아쉽지만 나는 지금 내려가는 중이다. 이다음에는 다른 풍경이 열리고 다른 역할이 주어질 거라는 기대를 갖고. 그때는 나도 부디 이효리처럼 웃을 수 있기를 바라면서.

어느 날
불쑥 찾아온
갱년기

작년은 나에게 매우 혹독한 해였다. 갱년기를 거쳐 폐경 진
단을 받아 멘붕에 빠져 몹시 허우적거린 시간이었다. 내 몸의
변화에 무심했던 터라 밤마다 온몸이 쑤시고 저리고 아픈데도
그저 나이 드느라 아픈가 보다 하며 아무렇지 않게 넘겼더랬
다. 생리 주기가 불규칙해지는 건 마음에 걸렸지만, 그저 여성
호르몬에 좋다는 석류나 칡즙을 먹는 것이 내 노력의 전부였
다. 그것도 생각날 때만.

   그러다 대표적인 갱년기 증상인 열감이 하루에도 몇 번씩 찾
아오면서 사정이 달라졌다. 열이 올라올 때마다 털이 다 솟는

것 같았다. 동시에 오물을 뒤집어쓴 것 같은 불쾌감이 온몸을 유린하듯 훑고 지나가면 저절로 몸서리가 쳐졌다.

사실 몸의 변화보다 더 심각한 건 마음의 변화였다. 마음에 물기와 열기라고는 하나도 남아 있지 않은 느낌. 차갑고 싸늘하고 외롭고 무기력했다. 평생을 열심히 사는 사람의 대명사라고 자부했건만, 어느새 나는 손 하나 까딱하기조차 싫은 무기력 병자가 되어 있었다. 다 때려치우고 어디로든 도망가고 싶은 마음이 태풍처럼 마음을 휘저었다.

그러나 내 생계를 스스로 책임져야 하는 40대 싱글에게 도피는 사치일 뿐이었다. 그런 와중에 책임지고 있던 모임에서 문제가 생겨버렸다. 무기력과 들쑥날쑥한 감정 사이에서 그로기 상태가 되었는데, 그런 사정을 알 리 없는 사람들이 나에게 이런저런 요구사항들을 쏟아낸 것이다.

그러는 사이 나는 폐경, 그러니까 완경을 맞았고 언젠가부터 가쁜 숨을 몰아쉬는 횟수가 잦아지면서 죽을 것 같은 느낌에 숨이 턱 막혀왔다. 공황장애였다. 낯선 내 모습에 짜증도 나고 모든 게 억울하기만 했다. 도움을 요청할 이도 마땅치 않았다. 주변에 완경을 겪은 이도 별로 없었고, 어렵게 이야기를 꺼내 보아도 교과서 같은 답을 말할 뿐이었다.

"갱년기 오면 원래 그래."

남들 다 겪는 일이니 아무렇지 않게 넘기라는 식의 말은 상 대방의 의도와 상관없이 나를 더욱 벼랑 끝으로 몰았다. 유난 떠는 사람이 된 것 같아 의연한 척해야 할 것만 같고, 쿨하게 넘기지 않으면 의지박약한 사람 취급받는 것 같았다. 어쩔 줄 몰라 하는 사이 우울은 깊어져 갔다. 그때 지푸라기라도 잡고 싶어서 선택한 것이 글쓰기였다.

이해받지 못하는 감정에 내 스스로 다가가야겠다고 결심하 고 솔직하게 글을 써 내려가기 시작했다. 꽃피는 시절을 지나 헐벗은 겨울나무가 된 것 같다는 서러움 대잔치의 글이었다. 글을 인터넷 카페에 올리자 함께 수업을 듣는 사람들의 답글이 이어졌다. 그중에서도 '화양연화'라는 닉네임을 가진 학인의 답글이 눈에 띄었다.

"이 글이 내 글인지 님 글인지 모를 만큼 몰입해서 읽었어 요. 존재의 본질이 더 잘 보이는 겨울나무의 미를 만방에 뿌려 보아요. 앙상하지만 범접할 수 없는 겨울 자작나무의 위엄처럼 요."

눈물이 왈칵 쏟아졌다. 갱년기와 완경을 지나며 어디에서도 찾지 못했던 진심 어린 공감과 위로의 말이었다.

"방송을 하면서 늘 느끼는 것은 말의 내용(콘텐츠)보다는 그 기저에 흐르는 '감정'이 더 중요하다는 사실이다. 상대가 전하는 그 감정을 내가 오롯이 느낀다면 말의 내용이 다 무슨 소용이 있을까. 나는 이런 순간을 기다리며 늘 카메라 앞에 선다. 누군가의 삶으로 들어가는 경험. 말을 하는 사람과 듣는 사람이 하나의 감정을 느낀다면 그것을 '공감'이라 부를 수 있지 않을까. 나는 이런 순간엔 오직 '그 사람과 나'만이 존재한다고 느끼며, 우리 사이엔 감정의 강이 서로를 연결하고 있다는 상상을 한다. 실제로 이렇게 방송을 하고 나면, 출연자를 그냥 보낼 순 없었다. 그래서 방송에서 느낀 감정을 붙들고 그를 배웅 나간다. 아쉬움과 여운은 한순간 지워지는 것이 아니므로, 출연자도 마찬가지 같다. 우리는 어느덧 서로의 감정을 나누고 마음을 나눈 친구가 되어 있다. 이렇게 나는 사람을 만났고, 친구를 만들었다."

정용실 아나운서가 『공감의 언어』라는 책에 쓴 글이다. 말을 직업으로 삼는 아나운서로서 그녀는 무엇보다 '공감'을 강조한다. 진정한 공감과 소통이 우리가 살기 위해 붙잡는 따스한 손이라고 생각한다는 그녀의 말에 나도 대공감.

한마디라도 더 해야 존재감이 사는 방송국에서 그녀는 소통을 방해하는 '에고'를 없애기 위해 말을 줄였다고 한다. 그러자 다른 사람들의 이야기가 들리기 시작했다고. 내게 화양연화 님의 답글은 가장 따뜻한 손이었다.

내 글을 본 글쓰기 선생님이 다른 여성들에게도 도움이 될 것 같다며 〈오마이뉴스〉에 글을 기고해보라고 권해주셨다. 용기를 내서 글을 보냈고, 내 글에 이런 댓글들이 달렸다.

〔결혼을 일찍 했다면 여자 나이 48세에 손주도 보니 할머니도 되는 나이. 보통 인물이 좀 있거나, 학벌이 좋거나 또는 종교에 빠진 경우 결혼 못 하는 여자가 많다. 혼기를 놓치면 중매도 재처자리가 주로 나온다. 여자에게 가장 큰 명예는 어머니 이상 없다. 50대 후반 여성이 달맞이유를 먹고 생리를 다시 했다고 들었다. 열심히 노력해 내년 말쯤엔 어머니가 된 기쁜 글을 올려주길⋯〕

〔일반적이고 평범한 정신세계의 여성들은 가정을 꾸리고 살아갑니다. 아이 낳는 게 유세냐고 삐딱한 자기합리화를 하겠지만 애 낳는 건 유세할 만하고 자랑스러운 일입니다. 개인적인 인생에서 홀로 잘 먹고 잘산다고 과연 나중에 공허와 허탈감은 뭐로 채울 수 있을까요?〕

〔그러게 빨리 결혼해서 애를 낳지 그랬어요? 결혼 안 하는 여자들 보면 정말 대책이 없어 보여요.〕

어떤 이는 내가 성적으로 문란하게 살았기 때문에 다른 사람보다 일찍 폐경했다는 근거 없는 인신공격성 악플을 달기도 했다. 나를 모르는 사람이 하는 말이니 전혀 상처받지는 않았다. 그저 여성의 완경(특히 비혼 여성)을 바라보는 사람들의 거친 시선에 놀라기는 했다.

자기중심적인 해석과 판단, 원하지 않았는데도 쏟아내는 조언, 멋대로의 결론. 완경 때문에 겪는 아픔과 어려움에 대한 이해와 공감이 이토록 어려울까 싶었다. 이 세상의 반은 여성이고, 그 여성들 대부분이 겪는 어려움인데 말이다. 완경 이후의 삶을 겨울 자작나무에 비유해준 이의 말이 더욱 내 마음에서 반짝이는 이유다.

"'공감'은 '공명'하는 것이다. 함께 울리는 것이다. 같은 톤의 소리를 내는 것이다. 상처는 상처로, 아픔은 아픔으로, 나약함은 나약함으로 말이다. 이는 상처를 얘기하는데 치유를 성급하게 꺼내들거나, 아픔을 얘기하는데 인내를 떠올리거나, 나약한 한 인간으로 만나고자 하는데 자신은 더 나은 인간이라고 여기는 교만에 빠져서는 안 된다는 게 아닐까. 이것이 진정 같은 높이, 같은 위치에서 소리 내는 게 아니겠는가."

정용실, 『공감의 언어』 중에서

호르몬제 치료를 받으면서 다행히 나는 예전의 컨디션을 찾았다. 정기적으로 운동을 시작하면서 몸도 많이 좋아졌고, 마음도 촉촉해졌다. 다시 시작된 생리가 몹시 반갑다. 물론 다시 완경의 시간은 찾아올 것이다. 하지만 분명 지난번과는 다를 것이라는 확신이 선다. 아주 좋은 예방주사를 맞은 까닭이다. 난 혹독한 시간을 거치며 따뜻한 말, 지혜의 말을 얻었다. 그리고 '어느덧 서로의 감정을 나누고 마음을 나누는' 친구도 생겼다.

그녀의 온기와 생명 가득한 말이 나를 살렸다. 덕분에 다음에 이 과정을 또 겪게 될 때에는 조금은 씩씩하게 지나갈 수 있을 거라는 용기도 얻었다. 비록 화려한 꽃과 풍성한 잎을 자랑하던 시절은 지나갔어도 겨울의 자작나무 같은 위엄과 우아한 매력을 가진 여성이 되고 싶다는 희망도 생겼다.

무엇보다 앞으로 비슷한 아픔과 어려움을 겪는 사람을 만난다면 나도 진정으로 그녀의 목소리에 귀 기울이고 공감해주리라 다짐했다. 누구보다 '공감의 언어'의 수혜자가 된 셈이다.

거울 앞에서
흰머리가
거슬릴지라도

이런 대화가 있다.
"그 사람 있지?"
"누구?"
"그 프로그램에 나왔던 사람."
"그 프로그램이 뭔데?"

이런 대화도 있다.
"거기가 어디야?"
"어디?"

"우리 지난봄에 갔던 거기 있잖아."

"지난봄에 갔던 데가 한두 군데니?"

스무고개도 아니고 이 정도면 독심술을 배워야 할 수준이다. 언제부터인가 친구들과 이야기를 나눌 때 '그', '저' 같은 대명사를 많이 쓰게 되었다. 희한한 건, 어느 순간엔 귀신처럼 알아듣는다는 점이다.

"요즘 조금만 일하면 너무 피곤해."

"허리가 아파서 병원 갔더니 퇴행성 디스크래."

"요가나 필라테스 같은 운동을 꼭 해줘야 해. 그리고 ○○영양제가 우리 나이에 좋다더라."

아프다는 이야기, 약 이야기도 많아졌다. 이제 어딜 가나 건강 이야기가 빠지지 않는다. 엄마가 아프다는 이야기를 할 땐 왜 저렇게 자꾸 아프다는 이야기를 할까 하고 지겨워했는데 이제는 내가 엄마가 된 것만 같다.

아마 쉰 언저리에 있는 사람이라면 공감할 증상들이다. 동시에 이런 증상들은 삶의 내리막길에 접어들었음을 암시하는 단서들이기도 하다. 그 외에도 내리막길의 전조 증상들은 얼마든지 있다.

전에 없이 음식을 먹다가 흘린다든지, 길을 가다가 공연히 넘어지는 일도 잦다. 이런 일들이 생길 때마다 이제 '쉰'이라는 나이를 앞두고 있다는 사실이 실감난다. 그다지 반갑지 않은 실감이다.

마리나 벤저민의 『중년, 잠시 멈춤』이라는 책에 흥미로운 이야기가 나온다. 1903년에 발행된 《코스모폴리탄》에서만 해도 50세 여성은 원숙하고 경험이 풍부한 존재로 그려졌다고 한다. 당시 잡지에는 "쉰에 이른 여성은 독특한 매력과 아름다움, 원숙한 시야, 교양 있는 지성, 세련된 다양한 재능을 가진 것"이라고 묘사한 기사가 실렸다.

여성의 능력이 인정받으면서 여성의 권리도 확대되었는데, 당시 영국에서 여성들은 1870년과 1882년의 '기혼 여성 재산법안'을 통해 이혼할 권리와 재산을 소유할 권리 등을 얻었고, 1918년에는 마침내 선거법 개정을 이끌어냈다.

"중년이란 말이 부정적으로 변한 것은 1920년대 대량생산과 이를 뒷받침하는 '과학적 관리법'이 대두하면서부터였다. 이때부터 젊음과 높은 생산성을, 중년과 효율성 감소를 연관 짓는 인식이 두드러졌다. …(중략)… 예전에는 나이 끝수를 반올림했지만, 요즘 인구조사 설문지에는 나이 끝수를 잘라먹고 기록하는 것, 어떻게든 나이 들어 보이는 것을 피하기 위해 1920년대와 1930년대부터 머리 염색약 판매량이 급등한 것이 중년기에 대한 인식의 변화를 보여주는 실례들이다."

마리나 벤저민, 『중년, 잠시 멈춤』 중에서

　이때부터 나이는 효율성을 측정하는 기준이 되었고, 이런 과학적 관리법이 확산되면서 중년기를 보는 시각도 확연하게 변한 것이다. 겉모습을 젊게 유지하려 안간힘을 쓰게 된 것도 이 이후부터라고 한다. 공연히 이 말에 뜨끔했다. 언제부터인가 거울 앞에 서는 일이 불편해졌기 때문이다. 특히 염색할 때가 지나서 정수리와 귀 옆에 흰머리가 솟아 있는 걸 볼 때면 더욱 심란해진다.

　너무 바빠서 한 달 반 정도 염색을 하지 못한 적이 있었다. 그때 거울 속 나는 기분 탓인지 10년은 더 늙어 보였다. 바쁜 일이 끝나기 무섭게 나는 미용실에 가서 염색부터 했다.

　"염색만 안 하고 살아도 좋겠어요. 신경 쓰여서 혼났어요."

　내가 투덜거리자 내 또래인 미용실 원장님이 손으로 자기 옆머리를 들어 올려 보이며 말했다.

　"저도 이쪽이 다 흰머리예요. 저는 이제 내버려둬요. 제가 만나는 사람 중에 몇 명이나 제 흰머리를 자세히 보겠어요. 사람

나의 폐경을 충분히 애도하며　109

들은 내 흰머리를 보지도 못하고 관심도 없어요."

맞는 말이었다. 조금 밝은 색으로 염색을 한 탓인지, 원장님의 흰머리는 그다지 티 나지 않았고 자세히 들여다봐야 알아볼수 있을 정도였다. 하지만 마음에선 저항감이 몰려왔다.

"내가 보기 싫어요. 좀 거슬려요."

그렇게 대답하고 나자 스스로에게 질문이 생겼다.

'누군가 가까이 다가와서 보지 않으면 볼 수 없는 내 흰머리가 나는 왜 거슬리는 걸까.'

이 질문 앞에 서니 무서운 상대를 피해 요리조리 도망 다니다가 막다른 골목에 다다라 꼼짝없이 상대를 마주한 느낌이 들었다. 젊음과 높은 생산성, 중년과 효율성 감소를 연관 짓는 인식이 두드러지는 이 세상 속에서 생산성이 떨어지고, 효율성을 감소시키는 부류로 내가 분류된 것에 어떻게든 저항하고 싶었던 마음이 들통났다.

어떻게든 젊게 보임으로써 아직 나는 쓸모 있다고 증명하고 싶었달까. 게다가 40대는 억지로라도 30대에 교집합처럼 얹혀 갈 수 있었는데, 50대는 어쩐지 '진짜 중년' 인증을 받고 더 이상 돌아올 수 없는 강을 건너는 느낌이라 더 저항감이 들기도 했다. 애처로운 몸부림이었다.

"원장님. 제 마음이 아직 제 나이를 못 쫓아가나 봐요. 나이

들어 보이기 싫어서 어떻게든 젊음을 유지하고 싶은 거죠. 제가 제 나이를 받아들이지 못하고 있네요."

급작스러운 고백에 원장님의 동공이 흔들리더니 '내가 잘못 말했나?' 하는 조심스러운 눈빛으로 나에게 "그런 마음은 당연한 거죠."라며 분위기 수습용 맞장구를 쳐주었다. 평소의 그녀를 알거니와 착하고 세심한 사람이다. 공연히 마음 쓸까 싶어 명랑하게 답했다.

"원장님의 말이 맞아요. 저도 이제 제 흰머리를 좀 참아봐야겠어요."

진심이었다. 하지만 당장 흰머리를 허용할 수는 없었다. 작년에 완경 진단을 받고 여성 호르몬제를 복용해왔는데, 자궁의 혹 때문에 끊은 지 얼마 안 된 마당이라 염색마저 끊기에는 용기가 부족했다. 하지만 이 또한 끊어야 할 때가 있다는 것을 알고 있다. 젊음에 연연하는 마음이 언젠가 완전히 끊어질 때가 올 것이다. 그때까지 단계적인 연습이 필요하다.

희끗거리는 머리를 드러내는 시간을 조금씩 늘리고, 이제 내리막길을 천천히 걸으며 세상의 조명에서 밀려나도 괜찮다는 마음을 훈련해야 할 때라는 걸 알겠다. 이제 '생산성이 떨어지고, 효율성을 감소시키는 존재'로 분류된다 할지라도 '젊음'에서 벗어난 나를 받아들이며 지금의 내 존재와 삶에 충실한 삶을 살아갈 것이다.

　이미 남들은 나를 중년으로 볼 텐데, 아직 마음의 준비가 안
되어서 나만 혼자 인정하지 않았던 '중년'을 받아들이고 보니,
바스락 밟히는 낙엽이 예사롭게 보이지 않는다. 아, 이제 중년
인가 보다.

매일 밤 아홉 시,
엄마와 딸은
서로를 밟아준다

"엄마, 여기 누워요. 내가 밟아줄게."

별다른 약속이 없는 한, 매일 밤 아홉 시면 알람 시계처럼 엄마에게 하는 말이다. 올해 일흔일곱 살인 엄마는 다행히 자기 관리를 잘해서 큰 병은 없다. 다른 할머니들이 그렇듯 무릎과 허리가 아픈 것 외에는 특별히 아프다는 말로 부담을 주지 않았다.

그런데 몇 년 전부터 안마봉으로 다리를 두들기며 아프다는 신호를 보내기 시작했다. 나도 바빴던 때여서 쉬고 싶은 마음에 애써 못 들은 척, 안 보이는 척했다. 어쩌다 내가 컨디션이 좋거나 아쉬운 소리를 해야 할 때만 인심 쓰듯 주물러드릴 뿐이었다. 매일 행사처럼 안마를 해드리기 시작한 건 지난해부터다. 계기는 간단하다. 내 몸이 아파서. 나이가 들어가니 여기저기가 괜히, 정말 괜히 아프고 쑤셨다. 나도 엄마가 쓰는 안마봉으로 여기저기 두들겨대는 날이 잦아졌고, 그래도 시원치 않을 땐 내 손으로 셀프 마사지를 했다.

내 손으로 하는 안마는 아무리 세게 두들기고 주물러도 시원치가 않았다. 내가 끙끙거리고 있을 때면 보다 못한 엄마가 "이리 와봐. 내가 밟아줄게." 한다. 이제 힘이 빠져버린 엄마 손으로 아무리 주물러봐야 내가 안마봉으로 두들기는 것만큼 시원하지 않지만, 그나마도 필요할 땐 염치를 무릅쓰고 엄마 앞에 엎드린다.

내 몸이 아프고 나서야 엄마가 혼자 안마봉을 두들길 때 얼마나 아팠는지가 헤아려졌다. 그래서 신호를 보낼 때 모른 척했던 나의 무심함이 후회스러워 안마를 해주겠다고 나서게 되었다. 물론 나도 엄마의 안마를 덜 미안한 마음으로 받을 수 있는 구실이 되기도 했고.

내 몸이 아파서 시작된 안마 타임이지만, 어느 사이엔가 엄마와 수다를 떠는 시간이 되었다. 이때는 엄마가 소화할 수 있을 만한 소소한 소재를 선택한다. 공연히 마음 쓸 만한 이야기나 안 좋은 이야기는 자제하는 편이다. 엄마 속만 상할 뿐이기도 하고, 엄마의 위로는 종종 초점을 어긋나서 속만 더 뒤집어지는 경험을 했던 터라.

또 이야기를 하다가 서로 마음 상한 적이 있어서 어려운 주제도 피한다. 설명하는 과정에 엄마가 못 알아들으면 답답한 마음에 살짝 톤이 높아지는데, 금세 서운해하는 통에 그 마음을 풀어주는 2차 서비스까지 제공해야 하기 때문이다. 그것까지 하려면 몹시 피곤해지므로 안 하는 게 낫다는 걸 경험으로 배웠다. 난 대개 엄마도 알고 있는 내 친구들의 소식을 전하고, 엄마는 요즘 막 배우기 시작한 요가 수업 이야기를 하거나 엄마 친구들의 흉을 보기도 한다.

아주 가끔 예외도 있다. 올해 초엔 내 등을 밟아주던 엄마가 갑자기 훌쩍이는 바람에 깜짝 놀라 "왜? 무슨 일 있어?" 했더니 하시는 말. "어휴우, 박복한 년. 자식 복도 없고 남편 복도 없고."

난데없는 박복 타령에 빵 터져서 웃었는데, 또 난데없이 쑤셔 박아두었던 고단함이 와르르 쏟아져 내리는 바람에 나도 울음이 빵 터졌다.

며칠 전에는 더 나이 들기 전에 집을 처분해서 나와 오빠에게 나눠줘야겠다고 하시기에 "엄마, 나 혼자 두고 가지 마." 하고 농담처럼 던졌는데, 그 말에 엎드려 있던 엄마는 등을 들썩

이며 우셨다. 아마 팔순 앞둔 엄마 마음엔 쉰을 앞둔 내가 마음 안 놓이는 아픈 가시인가 보다.

남들처럼 살기를 바랐지만 그렇지 못한 딸이 걱정되는 엄마와, 남들처럼 사는 모습을 보여드리고 싶었지만 그러지 못해 미안해진 나는 가끔 이렇게 마음을 풀어놓는다.

엄마는 알까. 점점 약해지고 있는 엄마를 돌볼 수 있는 사람이 나여서 다행이라고 생각한다는 걸. 엄마 눈에는 박복할지 몰라도 엄마 같은 엄마를 둬서 난 복이 많다고 생각한다.

어릴 때부터 지금까지 난 엄마가 늘 최고였다. 꽤 오랫동안 엄마는 비 오는 날이나 귀가가 늦은 날에는 늘 전철역까지 마중을 나와주기도 했다. 내가 독립했을 땐, 그러지 말라고 해도 우렁각시처럼 반찬을 꽉꽉 채워주고 가시곤 했다. 테이블 위에 '힘내라, 사랑한다'는 메모를 남기는 것도 잊은 적이 없다.

엄마에게 오랫동안 너무 많은 사랑을 받아서 신이 갚을 수 있는 시간을 주는 것 아닐까. 가끔 나는 내 비혼의 이유를 거기서 찾기도 한다. 그래서 이기적인 마음으로 시작하긴 했지만, 잘근잘근 서로를 밟아주고 주물러주는 안마 타임은 엄마와 내가 하루를 마감하는 일종의 의식이자 변제의 시간이기도 하다.

"엄마 들어간다. 너도 일찍 들어가 자."

오후 아홉 시 반쯤이면 엄마는 늘 같은 말을 하며 방에 들어
간다. 한참 뒤, 나는 내 방으로 들어가면서 습관처럼 엄마 방을
들여다본다. 가끔은 엄마의 코밑에 손가락을 대며 호흡을 확인
하기도 한다. 며칠 전에는 텔레비전 불빛이 새어 나오고 있기
에 얼른 방문을 열었다. 엄마의 취침 시간이 한참 지난 시간이
어서 놀라서 물었다.

"엄마, 이 시간까지 안 자고 무슨 일이래?"

내 말이 끝나기도 전에 '드르릉' 코 고는 소리가 울려 퍼진
다. 웃음과 안도의 한숨이 한꺼번에 나왔다. 잠시 엄마의 얼굴
을 보다가 혼자 인사하며 나왔다.

"엄마, 내일 아침에 또 만나."

스물여덟이
늦었다고?
나는 마흔여덟인데

얼마 전, 담당하던 프로그램에서 하차하면서 후임 방송작가에게 인수인계를 할 때였다. 인수인계를 받는 후임은 반짝반짝 빛나는 20대였다. 그간 여러 사정이 있어서 1년 동안 방송작가 일을 쉬었던 탓에 자신이 잘 해낼 수 있을지 걱정이 많았고, 힘겹게 잡은 기회인 만큼 잘해내고 싶은데 잘할 수 있을지 자신이 없어서 불안해하는 눈치였다. 이런저런 이야기를 나누다가 마무리할 때쯤, 혹시 더 궁금한 게 있냐고 물었다. 후배는 잠시 쭈뼛거리며 망설이더니 어렵게 입을 떼었다.

"제가 올해 스물여덟 살인데요, 지금 이 일을 다시 시작해도 늦지 않은 걸까요?"

어머나. 그 친구의 표정을 보니 웃으면 안 되는 진지한 상황인데, 정말 매우 몹시 미안하게도 나도 모르게 웃음이 터졌으나 꾹 참았다. 얼른 얼추 결이 맞는 진지함을 갖추고 '난 이 일을 마흔에 시작했고, 서른 넘어서 시작한 사람도 많다. 그러니 전혀 늦은 게 아니다. 멀리 놓고 보면 2, 3년이 늦고 빠르다 해서 결정되는 것이 아니니 걱정하지 말라'고 해주었더니 안도하는 눈빛이었다. 실례가 될 수도 있지만 그녀를 바라보면서 자꾸 엄마 미소가 지어졌다.

'스물여덟이 늦었다고 생각하는구나. 난 지금 마흔 초반만 되어도 바랄 게 없겠는데.'

젊은 후임이 보이는 불안과 걱정에서 봄나물 냄새가 나는 것 같았다. 그렇다고 그 젊음이 짊어진 무게가 가볍다거나 내 것보다 못하다는 의미는 절대 아니다. 그때에는 그만큼의 무게가 있고, 그것이 가장 무거운 법이니까.

이제 쉰이 코앞인 나도 돌아보면, 서른을 앞두고 비슷한 고민을 했던 것 같다. 친구나 동료는 승진하거나 결혼하며 인생의 한 매듭을 맺으면서 나아가는 것 같은데, 나만 뒤처지고 있다는 느낌. 계속 가기에도 다른 길을 찾기에도 늦은 것 같은 어정쩡한 포지션. 그래서 그녀가 느낄 불안과 두려움의 형태를 알 것 같았다.

또 한편으로는 내가 20대였을 때와 지금의 20대가 겪는 상황은 분명히 다를 테니 내가 헤아릴 수 없는 영역도 분명 있을 거라 생각했다. 이럴 때 자칫하면 나도 모르는 새 꼰대가 될 수 있기 때문에 선을 넘지 않으려 몇 번이나 허벅지를 꼬집었는지 모른다.

돌아오는 길, 친구와 통화하면서 그 친구가 정말 잘 되었으면 좋겠다는 이야기를 했다. 그랬더니 친구가 인정머리 없이 팩트 폭격을 날린다.

"그 친구는 잘할 테니, 너 걱정이나 해. 난 네가 걱정이다. 이제 쉰이 코앞이야."

아. 맞아. 내 코가 석자다. 네네, 하고 얼른 오지랖을 접었다. 프리랜서 작가로 동동거리며 불안정하게 살아왔는데, 사실 이일을 얼마나 더 할 수 있을지 모르겠다. 정년이 점점 가까워지는 건 확실히 알겠다. 내 나름의 살길을 모색해보지만 쉽지가 않다.

작년에는 구청에서 취업상담을 받은 적이 있는데, 그때 상담원의 말이 인상적이었다.

"지금 나이로는 해왔던 직종으로나 사무직으로는 자리 얻기가 어려워요."

새삼 내 나이를 실감했다. 하물며 1년이 지난 지금이야 말해 무엇하랴.

'스물여덟의 후배가 늦었다고 느끼는 나이의 무게와 마흔여 덟의 내가 느끼는 나이의 무게는 같을까. 늦었다는 것의 기준 은 무엇일까.'

후배의 질문은 나에게 부메랑이 되어 돌아왔다. 지금의 내가 이 정도만 되어도 좋겠다고 여기는 마흔 초반 때를 돌아봐도 마찬가지다. 막 마흔을 넘긴 나이에 방송작가라는 새로운 일에 도전하면서 가장 아쉬웠던 게 나이였다.

'딱 30대 중반이면 좋았을 텐데 지금 시작하기엔 너무 늦은 게 아닐까.'

그때뿐만이 아니다. '지금'은 좀 '늦었다'고 생각하는 병에 걸린 사람처럼 늘 늦었다는 느낌이 든다. 지금도 마흔여덟의 나이는 무엇을 하기엔 늦었다는 생각과 종종 충돌한다. 분명 몇 년 후에는 이 마흔여덟도 '그 정도만 돼도 좋은' 젊은 날일 텐데 말이다.

그래서 요즘은 나이가 걸릴 때마다 지금에서 5년 더 나이 들었을 때를 상상해본다. 쉰셋이 된 내가 마흔여덟의 나를 보며 '그때 좀 하지 그랬어?' 하고 후회할 것 같다 싶으면 웬만해선 하고 만다.

중요한 건 내가 내 나이에 갇히지 않고, 사회의 통념이 구겨 넣으려 하는 나이에 등 떠밀리지 않고 해보는 것이다. 물론 그래도 현실 앞에서 좌절할 때가 종종 있겠지만, 그건 그때 가서 생각해봐도 될 일이다. 어차피 인생은 살아보지 않고는 절대 알 수 없는 불확실성의 대명사이므로.

얼마 전 후임에게서 연락을 받았다. 잘하고 있냐고 물으니 다행히 아직까지는 사고 없이 하고 있단다. 오케이. 이쯤에서 한 가지 질문이 남는다.

'그렇다면 내 자리는?'

사실 후임에게 물려준 자리는 전부터 해봤으면 하는 일이었다. 욕심은 나지만 도무지 시간적 여유가 안 되었고 무리를 했다가는 모두에게 민폐가 될 것 같아서 그만둔 터였다. 급한 일이 끝나고 다시 일을 알아보고 있는 요즘, 다시 '내 자리'에 대한 질문이 고개를 든다.

다행히 이젠 나이 탓을 덜하게 된다. 대책 없는 낙관론자여서인지, 능구렁이가 된 건지 알 수는 없다. 그저 둥글게 둥글게 가다 보면 지구는 둥그니까 어느 사이에 내가 앉을 의자가 생긴다는 것쯤은 알게 되었을 뿐이다.

스스로 늦었다고 주저앉지 않는 한, 기회는 생각지도 못한 때, 생각지 못한 방법으로 방문한다. 젊을 때보다는 기다리는 시간이 조금 길어지고, 선택의 폭이 적어질 수는 있어도, 일도 인연과 같아서 내 것이 되려면 어떻게든 나에게 온다. 그것이 나에게 왔을 때 어떻게 다루느냐는 전적으로 나의 몫이지만.

안 되는 것을 억지로 되게 하려고 무리하지 않기. 내가 당장 궁하다고 해서 다른 사람의 기회를 빼앗지 않기. 늦었다는 생각이 들더라도 일단 해버리기. 아무것도 하지 않더라도 초조해하지 않기.

요즘 내 마음 속에 붙여두고 자주 꺼내보는 메모들이다. 이 목록들은 그동안 사회생활이라는 서바이벌 게임 속에서 치이고 닳으면서, 수없이 '이제 너무 늦었다'는 병과 싸우면서 터득한 생존법이기도 하다.

아줌마도
어머니도
아닙니다

틀린 말은 아닌데, 공연히 부인하고 싶은 말. 바로 '아줌마'
다. 아마 남성들에겐 아저씨이지 않을까 싶다. 어느 설문조사
에서 "나이와 관계없이 어떤 호칭으로 불리는 것이 가장 싫은
가?"라고 질문을 했더니, 남성은 '아저씨'를, 여성은 '아줌마'를
가장 많이 꼽았단다.

내가 "아줌마"라는 소리를 처음 들었을 때가 20대 중반쯤이
었다. 아이 눈에는 그렇게 보일 수 있다고 애써 부정해봐도 다
소 충격적이었다.

두 번째는 스물아홉 살 때였다. 저 멀리서 여섯 살쯤 되어 보

이는 아이와 아빠가 함께 내 쪽으로 걸어오고 있었다. 서로 장난을 치는 모습이 꽤 친해 보였다. 그러다 아빠의 눈이 나를 향했다.

"저 아줌마 있는 데까지 뛰어가봐."

처음엔 그 아줌마가 나인 줄 몰랐다. 내 뒤에 '저 아줌마'가 있다고 철석같이 믿었다. 잠시 후 그 꼬마가 나한테 달려오고 나서야 아빠가 지목한 '저 아줌마'가 나였다는 걸 알았다. 아이가 아니라 어른에게 아줌마라고 불릴 때의 당혹감이란.

왜 그렇게 아줌마라는 호칭이 싫었을까. 이유는 간단하다. 지금도 그렇지만 그때는 아줌마에 대한 이미지가 더더욱 전형적이었다. 당시 '아줌마'의 일반적인 이미지는 '뽀글거리는 파마머리에 주책 맞고 수다스러운' 사람이었다. 버스나 지하철에서 자리가 나면 가방을 던지거나 엉덩이로 밀고 앉아버리는 이기적이고 부끄러움을 모르는 이미지도 있다. 그런 이미지 탓에 나뿐만 아니라 주변의 여성들도 '아줌마'라는 호칭을 들으면 달가워하지 않는다. 그래서 일하는 여성이나 자기 목소리를 내는 여성을 얕잡아 볼 때, 모욕을 주려는 의도로 칼처럼 휘두르는 호칭이 '아줌마'다.

'아줌마'라는 단어가 주는 느낌은 상당히 퇴행적이다. 그리고 그 퇴행적 이미지에 여성을 가두려는 느낌이 들기도 한다.

싫어도 자꾸 그렇게 불리다 보면, 아무래도 사회에 보편화된 아줌마스러움에 익숙해져 버린다.

30대에는 회사에 있는 시간이 많다 보니 아줌마라는 호칭을 들을 만한 기회가 별로 없었다. 그래서 그다지 호칭에 민감하지 못했다. 어쩌다 들을 땐 그 순간의 불편함만 참으면 된다고 생각했다. 마땅한 대안이 없으니까.

몇 년 전, 한 후배와 신촌에서 만났을 때였다. 신촌 사거리를 건너려는데 신호등이 켜져서 둘이 막 뛰기 시작했다. 어디선가 호루라기 소리와 함께 고함 소리가 들렸다.

"거기, 어머니들! 어머니들! 횡단보도로 뛰세요."

꿈에도 몰랐다. 의경이 목 놓아 외치던 그 어머니가 우리일 줄은. 한 번 더 소리를 지르기에 의경 쪽을 보니 정확히 우리를 보고 있었다.

어머니라니! 애꿎게도 나는 싱글, 그 후배는 아이가 없는 유부녀였다. 졸지에 '어머니들'이 되어버린 우리는 서로 마주 보면서 뒤집어지게 웃었다. 이제 호칭이 '어머니'로 넘어갔다는 것에 "우리 승진한 거야?" 하면서 웃었지만 뒷맛은 씁쓸했다.

이런 일들은 무수히 많다. 텔레마케터와 통화하다가 "어머님" 하는 소리를 들으면 공연히 심정 상한다는 비혼 친구의 이야기도 들었고, 쌍둥이 둘을 키우고 있는 후배는 "언니, 나도 어머님이란 소리를 밖에서 들으면 왠지 싫어요."라고 했다. 어느 피디는 길을 걷다 대뜸 "아버님, 기운이 참 맑으십니다." 하는 소리를 들었다며 언짢았다는 이야기를 페이스북에 남기기도 했다. 나만 싫은 것이 아니구나 싶어 안도했다. 별로 환영받지 못하는 아버님, 어머님이란 호칭은 학교나 학원처럼 학부모로서의 역할이 주어지는 곳 외에서는 가급적 사용하지 않아야겠다.

이처럼 호칭은 종종 사람을 난감하게 만든다. 호칭 안에 사람을 가두기도 하고, 실제 내 정체성과는 상관없는 호칭으로 불리며 그 무리로 분리시켜 버린다. 특히 '어머님'이라는 호칭은 나 같은 비혼이나 후배처럼 아이가 없는 여성이 듣기에 꽤 불편하고 억울하다.

그렇다고 대체할 만한 좋은 호칭을 찾진 못했다. 선생님도 웃기고, 여사님은 더 웃기고, 사모님도 부담스럽고, 이모님은 더 아니지 않은가.

비하의 느낌도 아니고, 도매급으로 강제 분리된 느낌이 아닌 호칭은 없는 걸까. 사소한 호칭 하나에 왜 이렇게 목숨을 거냐고 할지 모르겠지만, 어떻게 불리느냐는 사회적 이미지를 규정하기에 사소한 문제가 아니다.

최근 서울시교육청에서 구성원 간 호칭을 'ㅇㅇ님'이나 'ㅇ
ㅇ쌤'으로 통일하겠다고 발표했다가 교권을 침해한다는 비판
에 시달렸다. 가족 간에도 '도련님'이나 '아가씨'와 같은 호칭
에 대한 변화를 원하는 목소리도 높아지고 있지만 저항도 만
만치 않다. 장유유서라는 유교 문화권 아래 오랫동안 살아와서
호칭에 민감한 탓이다.

그럼에도 IT회사에서나 몇몇 기업을 중심으로 서로 "ㅇㅇ
님"으로 부르는 시도가 이루어지는 것은 반갑다. 저항은 받고
있지만, 이런 문제 제기도 긍정적이라고 본다.

언젠가 탱고를 배운 적이 있었다. 그곳에서 나는 내 이름이
아닌 닉네임으로 불렸다. 그곳에서는 모두가 서로의 나이나 직
업도 묻지 않고 닉네임으로만 상대를 불렀다. 그때 나는 비로
소 나이와 직업으로 분리되지 않고 그저 이름으로 불리는 것이
관계를 얼마나 자유롭게 해주는지를 처음 체득했다.

나이나 직업이라는 틀로 규정되지 않은 자유는 참 신선했다.
물론 우리 문화 안에서는 호칭 없이 이름만 부르며 살 수는 없
겠지만, 가끔은 좋은 이름을 놔두고 왜 호칭이다 뭐다 하며 어
렵게 사나 싶은 생각이 들기는 한다.

어쩌면 여자든 남자든 달가워하지 않는 아줌마와 아저씨 같

은 호칭은 호칭을 바꾸는 것보다 호칭에 대한 이미지를 바꾸는 것이 훨씬 빠를지도 모른다. 아줌마라는 호칭에 뒤집어씌운 아줌마스러운 부정적 이미지들. 그것을 깰 수 있는 멋진 아줌마들의 이야기가 좀 더 필요하다.

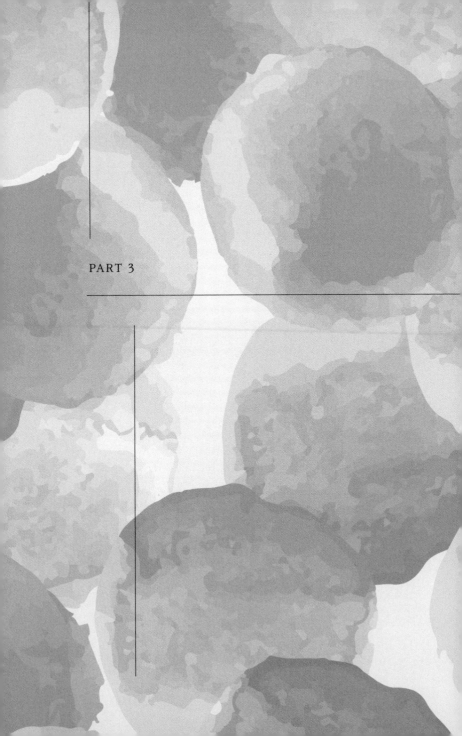

PART 3

보호자 없는
인생에서 ─────────────── 진짜
필요한 것

못
나가도
괜찮아

방송작가로 일하다 잘린 후에 두 달 동안은 아무 일도 하지 않았다. 몸과 마음이 지치기도 했거니와 일자리를 알아볼 의욕도 없었기에 무기력하게 쉬었다. 그렇더라도 내 한 몸은 스스로 책임져야 하는 처지니 마냥 쉴 수만은 없었다. 석 달째부터는 간간이 들어오는 아르바이트를 했다. 반백수나 다름없는 생활을 하다 보니 그나마 모아놓은 돈은 6개월 만에 바닥을 드러냈다. 벌어놓은 돈으로 우아하게 버틸 수 있는 시간은 생각보다 짧았다. 징그럽게 열심히 살았는데, 잔고가 0이라니.

그때 구세주처럼 제법 돈 되는 일이 들어왔다. 한 정부 기관의 정책을 집필하는 일이었다. 거래처와 합의한 대로 일정이 진행된다면 큰 무리 없이 생활할 수 있겠다 싶었다. 난 칼같이 원고를 넘겼다. 그런데 원고를 써서 보낸 지 두 달이 지난 뒤에도 원고료가 입금되지 않았고, 이후에도 아무 연락조차 없었다.

잔고가 있는 동안은 괜찮았다. 하지만 곶감 빼먹듯 조금씩 돈이 줄어들면서 잔고 숫자는 점점 0을 향해 갔다. 현실적인 걱정이 안개처럼 차오르기 시작했다. 주택 대출금에 각종 공과금과 보험료, 생활비까지… 각종 지출 리스트는 점점 마음을 조여왔고, 입금을 알리는 문자 메시지를 기다리느라 전화기를 들여다보는 횟수가 늘어났다. 돈을 떼어먹을 곳은 아니니 느긋하게 기다리고 싶었으나, 문제는 그 돈으로 처리해야 할 일들이 쌓여 있다는 점이었다.

그 원고에 올인하느라 다른 일을 전혀 못 해서 돈이 나올 다른 구석도 없었다. 왜 늦어지고 있는지, 언제쯤 입금될 계획인지 알려주기만 해도 좋을 텐데 예정된 날짜도 알려주지 않으니 답답했다. 그렇게 조용히 버티다가 목마른 사람이 우물 판다고 담당자에게 연락을 해봐야겠다는 생각이 들었다.

사실 돈 이야기는 웬만하면 꺼내기가 싫다. 일에 대한 대가를 요구하는 것은 당연한 일인데도 돈 이야기를 먼저 꺼내기가 늘 어렵고 구차하다. 그래서 연락해야겠다고 생각한 뒤에도 이

틀 정도 망설이다가 자존심을 접고 담당자에게 문자를 보냈다.

"원고료 입금일이 많이 지났는데 안 들어와서 연락드립니다. 바쁘시겠지만 확인 부탁드려요."

이 짧은 문자를 보내기까지 얼마나 많이 썼다 지우고, 전송 버튼을 누를까 말까 고민했는지 모른다. 조금 뒤에 담당자에게 답신이 도착했다.

"행정적으로는 결재가 났는데 경리부에서 지급해야 할 것이 많다 보니 늦어지는 것 같아요. 재촉을 하긴 했는데 언제 지급되는지 정확한 날짜를 말씀드리기가 어렵네요. 죄송합니다."

'이건 무슨 시추에이션인가?' 싶었지만 중간 담당자가 무슨 죄가 있으랴 싶었다. "어째 원고 쓰는 것보다 원고료 받는 게 더 어렵네요." 하며 말을 맺었다.

실질적인 소득은 없었으나 상황에 대한 이야기라도 들으니 조금 마음이 풀어졌다. 당장 입금이 되지 않을 것이라는 정보는 확인되었으니, 어쨌든 내가 할 일은 명확해졌다. 곧바로 현금서비스를 받아서 일단 급한 불부터 껐다.

목이 빠지게 기다리던 원고료는 그로부터 한 달이 지난 뒤에야 입금되었다. 어렵게 통장에 찍힌 금액을 보고 뿌듯함을 느낄 사이도 없이, 돈은 불과 열흘 만에 바닥을 보였다. 원고료가 나오자마자 전광석화처럼 갚아야 할 돈이 빠져나갔던 것이다.

그 원고를 쓰느라 거의 두 달을 두문불출한 결과가 '마음 졸임'과 '빚 잔치'로 끝나버린 셈이었다. 그 여파로 난 이후로도 몇 달간 잔고 0의 상태를 몇 번이나 왔다 갔다 해야 했다.

제때에만 원고료가 지급되었어도 난 빚을 질 일도, 남에게 아쉬운 소리를 할 일도 없었다. '갑'의 스케줄에 맞춰서 지급되는 돈은, '을'이 노동의 대가로 번 돈을 당당하게 쓰고 여유롭게 생활할 수 있는 권리를 박탈해버린다. 이런 시스템은 사람을 빚지게 만들고 빈곤의 악순환을 야기시킨다.

어디 하소연할 곳도 없고, 그저 감수할 수밖에 없다는 것이 더 기가 막혔다. 비혼인 나도 이렇게 힘든데 부양해야 할 가족이 있는 사람들이 이런 처지에 있다면 얼마나 고통스럽고 벅찰 것인가.

돈이 없다는 건, 사람을 누추하게 만들기도 한다. 집 밖을 나가는 순간부터 돈이 드니 사람을 만나는 것도 자제하게 되고, 사회생활을 할 때도 위축된다. 나 혼자만의 불편함이야 절약하면서 감수하면 그만이다. 그러나 경조사가 있을 때, 친한 지인이나 가족의 생일 때, 누군가에게 밥을 사야 할 때, 대접을 해야 할 때, 받은 게 있어서 돌려줘야 할 때 등등, 소위 말해 사람구실을 해야 하는 상황에서 돈이 없으면 불편함을 넘어 자괴감과 박탈감마저 든다.

상황이 곤궁해질수록 억울함이 커졌다. 잡지사 다니는 10여 년 동안은 한 달에 보름을 야근하고, 마흔 넘어 방송국에서 일할 때는 새벽 첫차를 타고 출근해 밤 늦게서야 별을 보며 퇴근하고, 프리랜서로 돈 되는 거라면 마다하지 않고 일했고, 큰 사치를 부리지도 않았는데 이 숨 가쁘기만 한 삶이 억울했다.

'참 징그럽게 열심히 살아온 것 같은데 난 왜 돈이 없을까?'

답을 얻지 못한 채로 나는 오늘도 통장의 잔고가 0이 되지 않도록 열심히 페달을 밟고 있다. 체력이 뚝뚝 떨어지는 게 무섭도록 실감나는 요즘, 한편으론 더 일해야 하는 경제적 상황과 마흔 중반을 넘어선 나이가 걱정되기도 한다. 사실 가장 무서운 건, 이런 상황이 앞으로도 계속될지 모른다는 점이다.

내 노동이 배신당하지 않는 시스템은 불가능한 것일까. 그렇다면 이제 나이가 들어 전만큼 열심히 페달을 밟을 수 없는 나는, 이 사회에서 누락당하지 않으려면 어떻게 살아야 하나 씁쓸한 고민만 깊어져 갔다.

일하고 싶지 않을 때
일하지 않기 위해
일하는 삶

나는 오른쪽 귀가 들리지 않는다. 2006년, 잡지사에서 일하
고 있던 나는 곯을 대로 곯아 있었다. 한 달에 보름을 야근하
면서 월간지를 만들어냈고, 열심히 한 덕에 팀장으로 승진해서
승승장구하던 시절이었다. 워커홀릭으로 치열하게 산 덕분에
높은 자리까지 올라갔지만 삶은 점점 사막이 되어갔다. 특히
중간 관리자로서 사장의 과다한 요구를 조율해야 하는 것도 적
잖은 스트레스였다.

5년이나 탈출하지 못한 스트레스는 결국 '돌발성 난청'으로
터져버렸다. 그나마도 마감 작업을 하느라 한참 지나서야 들리

지 않는다는 사실을 알아챘다. 병원을 찾았을 땐 이미 치료 시기를 놓쳐서 의사 선생님에게 왜 빨리 오지 않았냐는 타박과 함께 이제 방법이 없으니 남은 한쪽 귀나 잘 관리하라는 말을 들어야 했다.

더 이상 물이 나오지 않을 만큼 꽉 쥐어짠 빨래가 된 것 같았다. 이제 브레이크를 밟아야 할 때라는 느낌이 본능적으로 들었다. 그리고 심각하게 사직을 고려했다.

'명함'은 나에게 안전띠였다. 명함에 쓰여 있는 내 직업과 직함이 그 어떤 것보다 나를 잘 드러내고, 보호해준다고 여겼던 탓이다. 게다가 매달 꼬박꼬박 들어오는 월급은 경제적 안정과 여유를 느끼게 해주기에 충분했다. 그래서 버리기가 아까웠고 무서웠다. 어디서 그런 객기가 생겼는지 모르겠는데, 이참에 모든 안전띠를 제거해보기로 했다.

'여태까지 쉼 없이 달려왔으니 딱 6개월만 나를 위해 살아보는 것도 괜찮지 않을까?'

지금이 아니면 할 수 없는 결정, 내가 싱글이기 때문에 할 수 있는 선택을 하자는 생각이 들었다. 아무것도 하지 않고 쉬되, 기왕 쉬는 거 제대로 낭비하고 싶었다. 오래 고민하지 않아도 하고 싶은 일이 떠올랐다. 외국에서 한 달쯤 살아보며 그 나라의 문화를 체험하는 것. 어릴 때부터 꿈꿔왔지만 그저 꿈일 뿐,

현실로 이뤄질 것이라고는 기대하지 않았던 그 일을 저지르자 싶었다. 그렇게 난 아무 연고도 없는 캐나다의 작은 섬, 빅토리아로 떠났다.

나를 감싸고 있던 모든 안전장치를 제거하고, 익숙한 터전과 관계를 떠난 채로 지낸 그 1년은 내 생애 가장 행복한 시간이었다. 빅토리아는 우리나라로 치면 제주도와 비슷한 휴양지로, 노인들이 많아서 느리고 여유로운 곳이었다.

처음 도착했을 때는 사람이 우선인 분위기, 느리고 약한 사람들을 기다려주는 것이 당연한 문화에 적잖은 충격을 받았더랬다. 사람들은 편의점이나 슈퍼마켓에서 계산이 늦어져도 여유 있게 기다려주었다. 서두르지 않고 승하차를 하는 건 당연한 일상이었다.

가장 감동적이었던 건 횡단보도에 서 있기만 해도 차들이 멈춰줄 때였다. 늘 쫓기고 등 떠밀리는 삶을 살다가 천천히 기다려주는 문화 속에 들어가니 그제야 내가 얼마나 지쳤는지 실감이 났다. 거리를 걸어다닐 때마다 오래된 빨래에서 구정물이 빠지듯 눈물이 났다. 그렇게 구정물을 빼고 또 빼면서 치유를 받았다.

느려도 괜찮다, 약해도 괜찮다. 그곳에선 모든 것들이 나에게 그렇게 말하는 것 같았다. 선천적으로 다른 사람보다 반 박 자 정도 느린 내가 빠른 사람들의 보폭을 맞추느라 얼마나 총 총거렸는지, 눈치를 보았는지, 그래서 얼마나 버거웠는지를 그 제야 알았다. 느릿하게, 온전히 나만을 위해서 보낸 그곳에서의 시간은 지금까지 내 생의 가장 훌륭한 낭비였다.

빅토리아에서의 시간이 좋았던 만큼 서울에서 부딪힌 현실 은 혹독했다. 마치 밤 열두 시 종이 치고 다시 재투성이로 돌아 간 신데렐라가 된 느낌이었다. 마흔이 넘은 나이에 정규직 취 업은 어려웠기에 자의 반 타의 반으로 프리랜서가 되었다. 프 리랜서 작가, 프리랜서 편집자, 프리랜서 취재기자 등 닥치는 대로 일을 했다. 그래야 겨우 먹고살 만했다.

이명을 귀에 단 채로 무리해서 일해야 하는 날도 많았고, 일 이 없는 채로 쉬는 날도 많았다. 월 100만 원도 못 버는 때도 있었고, 400만 원짜리 일을 계약해도 결제가 늦어지면 손가락 을 빨아야 하는 날이 비일비재했다. 그러다 겨우 작업비가 나 오면 빚을 갚느라 통장은 늘 가난했다. 불안정한 프리랜서 생 활을 하다 보니, 어느샌가 나에게 일을 하고 돈을 번다는 것은 보람이나 재미보다 생계와 더 직결되는 현실이 되었다.

40대 후반이 되어 갱년기 증상이 나타나면서부터는 아무 일도 하고 싶지 않았다. '대학 졸업 후 지금까지 거의 쉬지 않고 열심히 페달을 밟았는데 고작 여기인가?' 싶어 더 그랬다. 사실 지금도 그저 아무 생각 없이 쉬고 싶다는 생각이 간절하다.

밥벌이를 위한 노동도 그만하고, 일을 하지 않을 때 필수적으로 따라오는 먹고살 걱정도 그만하고 싶다. 그렇지만 10년 전 그때처럼 일을 그만둘 용기가 나지 않는다. 누구에게나 그렇듯 먹고사는 일은 절실하니까. 또 40대 싱글인 내가 일마저 없다면, 걱정스러운 존재로 전락해버리기 십상이니까. 이런 이유들로 인해, 일은 나에게 중요하지만 일을 좋아해서가 아니라 해야만 하기 때문에 할 때가 많아져 버렸다.

일하고 싶지 않을 때 일하지 않기 위해 나는 여전히 일을 하고 있다. 일을 원하는 욕망과 그 일에 내 자신을 갈아 넣지 않겠다는 불안 사이를 오락가락하면서 말이다. 과연 일하지 않아도 걱정 없이 살 수 있는 날이 올까. 내 일상을 지키면서 충분한 밥벌이를 할 수 있을까. 가난한 통장, 명함 없는 신분, 그래서 조급해질 때마다 몸과 마음에 탈이 나서 급브레이크를 밟아야 했던 지난날을 기억하며, 종종 브레이크를 잡는다.

"텔레비전에서 하는 인재 발굴 프로그램이랑 똑같아요. 사람들이 무

대에 오르고 그 아래에 그 사람 이름과 하는 일이 자막으로 크게 박
히죠. '실업자'라는 커다란 글자가요. 수잔 보일이 등장했을 때 그랬
어요. 하는 일이 아무것도 없다는 듯이. '카드 만들기를 좋아한다'거
나, 다른 뭐라도 쓸 수 있는데도 말이에요. 어디나 다 그래요, 심지어
뉴스에서도 '수잔 브릭스, 제빵사'라고 표시하고, 게임 프로에서도
마찬가지예요. 저는 '루시, 동물을 좋아하고 책 읽기를 즐김'이라고
써주면 좋겠어요. 그러면 정말 좋을 거 같아요."

데이비드 프레인, 『일하지 않을 권리』 중에서

적게 벌어 불편하고 명함이 없어 불안해도 그것들이 오히려
나답게 사는 삶이 무엇인지 고민하게 만들고, 길을 찾도록 이
끈다. 내 이름 옆에 어떤 수식어가 붙으면 좋을지 상상해본다.

'신소영: 여행을 즐기고 괜찮다고 위로해주는 걸 좋아함.'

지금보다 조금 더 자유롭고 여유가 생긴다면, 나는 사람들에
게 '빅토리아 섬'이 되어주고 싶다. 느려도 괜찮다, 부족해도 괜
찮다, 약해도 괜찮다, 실패해도 괜찮다, 좀 달라도 괜찮다고 위
로해주는 사람이 되었으면 좋겠다.

남들과 다른 속도로
외롭지만
씩씩하게

사전에서 '불사르다'라는 단어를 찾아보면, '1. 불에 태워 없애다. 2.어떤 것을 남김없이 없애버리다.'라고 명시되어 있다. 보통 어떤 일에 미쳐서 열심히 할 때 몸을 불사른다고 표현한다. 예전에는 이 단어를 참 좋아했는데, 지금은 내 사전에서 사라진 단어다.

살면서 한 번쯤은 불사르듯 열심히 사는 것도 괜찮다고 생각한다. 물론 필수는 아니고 선택이다. 내 경우에는 내가 좋아하는 일에 관해서는 나를 불사를 정도로 열심이었다.

잡지사에서 편집기자로 일할 때에는 한 달에 보름을 야근해도 신이 났다. 일이 몸에 익고 재미있어지는 30대이기도 했고, 성취감도 높았다. 결국 일과 쉼을 조절하지 못한 탓에 건강을 잃고 직장도 그만두게 되었지만, 힘든 만큼 일이나 관계 면에서 폭넓게 배우고 경험한, 내 인생에서 반짝거리는 시기이기도 했다.

그렇게 직장 없이 불안정한 시기를 보내며 진로에 대한 고민을 할 때, '이게 웬 떡이냐' 싶은 기회를 만났다. 40대 초반에 방송작가라는 문이 열린 것이다.

텔레비전을 보다가 우연히 '방송작가를 모집한다'는 자막을 봤고, 심장이 두근거렸다. 어릴 때부터 라디오 작가에 대한 로망이 컸던 나는 '한번 해볼까?' 하고 전에 없이 마음이 동했다. 마음이 기우니, 전에 일했던 것과 분야는 달랐지만, 글을 쓰는 일이니만큼 금세 적응할 수 있을 거라는 근거 없는 자신감마저 생겼다. 손해날 일은 아니니까 되든 안 되든 도전해보자 싶었다. 길은 어느 쪽에서 열릴지 모르는 일이고, '열리면 가고 아니면 마는 거지 뭐'라는 단순한 마음이라 가능한 도전이었다. '40대에 이런 도전을 하는 사람이 있나?' 싶었지만 '아무도 안 가본 길이면 내가 가보면 되겠네' 하는 치기 어린 용기가 났다.

꼭 붙어야 한다는 간절함보다 '붙으면 다행'이라는 여유는 오히려 약이 되었다. 덕분에 원서 접수 때 제출해야 하는 글을 편안하게 썼다. 그리고 얼마 뒤, 1차 합격 전화를 받았다. 어리둥절해하며 2차 실기시험을 보러간 나는 응시생들을 보고 당황했다. 그곳에 모인 사람들 중에서 누가 봐도 내가 제일 나이가 많아 보였다. 냉정하게 생각해보니 가능성은 반반이겠구나 싶었다. 내 나이가 걸렸다면 1차에서 걸러졌을 텐데 2차 실기까지 온 걸 보면 나이 든 작가에게도 문을 열어놓은 것일지 모른다는 생각이 들었다. 가능성이 있다고 생각하자 마음이 달떴다. 기분 좋은 흥분이었다. 평소의 나 같으면 생각도 못 했을 소재들이 떠오르면서 글이 술술 써졌다. 어쩐지 느낌이 좋았다. 결과는 합격. 그렇게 나는 마흔한 살에 대학 신입생 같은 설렘과 떨림으로 방송국에 입성했다.

다시는 오지 않을 인생의 기회였다. 내가 상상하고 꿈꿔왔던 '제2의 인생'에 딱 들어맞는 그림이었다. 그래서 제2의 전성기를 꿈꾸며 마흔이 넘은 나이임에도 나를 또 불살랐다. 특히 방송작가의 생태계 특성상 '생존'하는 것이 무엇보다 중요했기에 내 목표는 어떻게든 살아남아 예순까지 방송작가로 일하는 거였다.

그러나 언제나 그렇듯 삶은 내 뜻대로 굴러가지 않는다. 일반적인 라디오 스튜디오 프로그램이 아니라 라디오 다큐 프로그램을 하게 된 것이다. 오래 일하려면 스튜디오 프로그램에 들어가 적응하는 것이 유리한데, 그런 프로그램에는 작가 자리가 나지 않았던 탓이다. 결국 다큐 작가로 일하다 3년 뒤 개편 때 다큐 프로그램이 폐지되면서 갈 곳이 없어졌다. 내 나이와 경력은 3년 전보다 더 애매해져 있었다. 이제 영락없이 끝났구나 싶었던 그때, 또 기회가 찾아왔다. 구사일생으로 경험 많은 한 피디가 같이 일해보자고 제안해준 것이다. 그것도 매일 방송되는 스튜디오 프로그램이었다. 나이 많고 경험 없는 신인에게는 천운과 같은 기회였다.

어떻게든 그 기회를 잘 살리고 싶었다. 아니, 살려야 했다. 결사적으로 일에 매달린 나의 일상은 거의 지옥 훈련 수준이었다. 새벽 첫차를 타고 출근해서, 피디가 출근하는 여덟 시 전까지 원고를 자리에 올려놓았다. 녹음을 마치고 다음 날 방송을 준비하며 회의까지 하고 나면 오후 다섯 시. 그때부터 원고를 쓰면 밤 아홉 시에 퇴근. 집에 오면 밤 열 시 반. 평일 내내 그런 생활을 반복했고, 주말에도 다음 주 원고 아이템을 찾고 쓰느라 쉬지 못했다. 사실 그렇게까지 할 일은 아니었는데, 내 실력이 부족해서 퇴짜 맞는 원고가 많다 보니 시간이 절대적으로 부족했다.

베테랑 피디가 보기에 내 원고는 답답한 수준이었다. 나는 매일 아침마다 깨졌고, 내 원고는 빨간펜으로 가득했다. 목소리가 큰 피디는 아침마다 나를 세워놓고 원고에 대해 피드백을 했다.

다른 피디들이 보기에도 내가 안되어 보였는지, 피디는 뒤에서 다른 피디에게 나를 그만 잡으라는 말을 많이 들었다고 한다. 사실 난 그 피디가 지금도 고맙다. 좀 혼나긴 했어도 내가 잘되기를 바랐던 그분의 진심은 충분히 알 수 있었기 때문에 하나도 상처가 되지 않았다. 덕분에 그전까지 존재감이 미미했던 나는 그 피디의 스파르타식 교육을 받고 나서야 '구박받는 나이 든 작가'로 확실한 존재감을 드러내게 되었다.

새벽 첫차 타고 출근, 밤 아홉 시 퇴근. 월화수목금금금. 그러던 어느 날 아침, 눈을 떴는데 몸이 이상했다. 겨우 몸을 가누고 머리를 감으려 고개를 숙이는 순간, 바닥이 거센 소용돌이처럼 뱅글뱅글 돌기 시작했다. 너무 놀라서 그 자리에 주저앉았다. 그런 몸으로 첫차에 올랐다. 속이 메슥거렸지만 그땐 내 몸보다 '오늘 원고 펑크 내면 어쩌지?'라는 걱정이 더 컸다.

방송국까지 어떻게 왔는지도 기억이 나지 않는다. 겨우겨우 전날 써놓은 원고를 마무리해서 피디의 책상 위에 올려놓고, 아홉 시가 되자마자 이비인후과로 향했다. 병명은 이석증. 의사는 곧장 집에 가서 쉬라고 했지만 난 그날도 밤 아홉 시에 퇴근했다. 내가 생각해도 지나친 열심이었다.

'열심'만으로 좋은 결과가 있다면 얼마나 좋을까. 하지만 생은 종종 우리를 배신한다. 그렇게 열심히 했어도 개편 때 발령 받아온 다른 피디의 '내가 편한 작가와 일하겠다'는 말에 내 자리도 하루아침에 날아갔고, 쉼 없이 달리던 방송작가로서의 생활이 갑자기 강제 종료된 것이다. 너무 갑자기 일어난 일이라 현실을 받아들이고 감정을 추스르기까지 1년이라는 시간이 걸렸다. 그때 썼던 글이다.

회사 잘린 지, 1주년 기념

벌써 1년이 지났다. 작년 5월 5일. 깨질 것처럼 맑은 오월의 어린이날, 그만 일하라는 말을 들었다. 날도 날이었고 날씨까지 좋아서 마치 축제 같았던 그날, 멍한 상태로 회사에서 나오는데 하늘이 너무 맑고 파래서 '하늘이 참 예쁘구나' 했던 기억이 난다.

그리고 그 하늘이 이내 서늘한 슬픔으로 변주되었던 것 같기도 하다. 그 느낌이 너무 생생해서, 어느 순간 용수철처럼 툭 튀어 오르곤 한다. 그때처럼 슬프다거나 비참하다거나 하는 감정은 아니고, 그 감정에 대한 기억이 생생하다는 뜻이다.

이제는 나 스스로를 희화화하면서 그때 이야기를 편하게 할 수 있을 정도가 되었지만, 어쨌든 '실패'라는 가시를 있는 그대로 받아들이는 과정은 분명 고약하기 짝이 없는 일이었다. 그

전에도 크고 작은 실패들을 했기 때문에 실패 자체가 주는 상실감이나 슬픔, 허무함 때문만은 아니었다.

가장 당혹스러웠던 것은, 용도폐기를 당한 것 같다는 느낌이었다. 한편으로는 계속 주변을 맴도는 내가 징글징글했다. 나를 다시 끼워줄 마음이 전혀 없는 그곳 주변을 말이다. 마음은 어디에도 닻을 내릴 수 없어 떠돌았고, 나는 묵직한 슬픔을 깊은 호주머니 속에 넣어놓은 채 아무렇지 않은 듯 살았다.

마흔여섯의 나이에 도대체 어디로 가서 무엇을 해야 할지 전혀 감이 오지 않았다. 이런저런 알바를 알아봤지만 대형마트 계산하는 일도 나이 제한에 걸렸다. (열심히 하겠다고 우기면 됐으려나?)

내가 마흔여섯 살에 이렇게 살 줄 몰랐으니까, 나도 처음 살아보는 마흔여섯이니까 당혹스러운 상황과 감정 앞에서 꽤나 미숙했다. 서러워하고 억울해하며 뭘 어찌 해야 할지 몰라서 우왕좌왕 시간을 보냈던 것 같다. 그러다 보니 어느새 웃는 날이 더 많아지고, 걱정하는 날이 줄어들면서 괴로운 시간도 다 지나가더라.

그래서 살아진다는 건, 무섭기도 하고 고맙기도 한 일. 어쨌든 그런 시간을 보내고 지금은 슬픔도 걷히고, 아쉬움만 조금 남았다. 그러나 젊음이 아무리 좋아 보여도 다시 그 젊었던 때로 돌아가긴 싫듯이, 아쉽다 해도 다시 그때로 돌아가 그렇게 살고 싶진 않다. 이제 그만하면 됐다.

쉬는 동안 하도 허우적거렸더니 이제는 살짝 물에 떠서 앞으로 가는 것도 같다. 아마 내 호주머니에 가득 들었던 것들이 많이 빠져나갔나 보다. 그런 시간을 통해서 얻은 거? 그딴 건 별로 없다.

그저 처음 살아보는 서툰 생을 잘 살았고, 수고했다고 칭찬해줄 수 있는 마흔일곱 살이 되었다는 것이 전부다.

5월 5일, 난 이렇게 '잘림 1주년'을 기념한다. 오늘도 작년처럼 날이 참 좋다.

그때를 돌아보면 더 이상 열심히 할 수 없을 만큼 열심히 해봤기에 후회는 없다. 하지만 좌절은 컸다. 내 능력의 한계치를 경험했을 때의 허탈감, 할 만큼 해도 안 된다면 앞으로 무엇을 해야 하나 하는 막막함, 이 정도밖에 안 되는 자신에 대한 실망감. 당시에는 그런 감정들이 뒤엉켜 아프기만 했는데, 그 시간을 통과하고 보니 최선을 다했기에 겪는 고통도 있다는 생각이 든다.

이제는 그렇게까지 열심히 할 순 없고, 하지도 않을 것이다. 그러나 그땐 잘했다고 생각한다. 난 더 가고 싶은데 내 마음과 상관없이 강제로 종료당한 게 아쉽긴 해도, 내 운과 실력이 거기까지였던 걸 어떡하랴. 해볼 만큼 했는데도 안 되는 것이라면 포기하는 수밖에.

어떤 작가는 인생이 '이어달리기' 같다고 했다. 바통을 받고 자기한테 주어진 구간을 죽을힘을 다해 뛰고 나서, 그다음 주자에게 바통을 넘겨주는 순간, 내 질주는 끝내야 한다.

그땐 나에게 다음 경기가 있을까 의심했다. 그런데 나는 지금 또 다른 경기를 하고 있다. 물론 그때와는 다른 속도와 은은한 온기로 외롭지만 씩씩하게.

마지막
이력서이기를

"수고했다, 자소서야."

"잘 가라, 면접아."

어느 취업사이트의 광고 문구다. 내게 소박한 소망 하나가 있다면 더 이상 이력서와 자소서를 쓰지 않는 삶을 사는 것이다. 마흔 후반까지 오는 동안, 수많은 구직 활동을 했고 프리랜서 활동을 하면서도 기관마다 이력서를 요구하는 경우가 많아서 내 노트북엔 여전히 이력서 폴더가 존재한다. 그리고 이력서를 쓸 때마다 생각한다.

'이게 나의 마지막 이력서이길… 플리즈…'

가장 기억에 남는 이력서가 있다. 잡지사에서 팀장으로 일하다가 개인 사정으로 1년간 쉬었다가 다시 구직 활동을 할 때였다. 금세 취직이 될 거라고 생각했는데, 순진한 낙관이었다. 현실은 늘 바람을 배신한다. 그때가 서른아홉이었으니 나이 제한으로 걸리는 곳도 많았고, 이력서를 수십 개 썼지만 연락 오는 곳이 하나도 없었다.

백수의 시간이 길어진다는 것은 내가 예상하지 못한 일이었다. 통장의 잔고가 이미 바닥을 드러낸 상황이었고, 안 그래도 초조해 죽겠는데 나를 걱정하는 엄마의 얼굴까지 마주하는 것은 괴로울 정도로 죄송하고 민망했다.

더 이상 찬밥 더운밥을 가릴 처지는 아니라는 생각에 아르바이트라도 해야겠다 싶어서 고깃집 불판 닦는 아르바이트에서부터 패스트푸드점까지 샅샅이 뒤졌다. 그러나 그마저도 연락이 오지 않았고, 몇 주 뒤에 겨우 연결된 곳이 작은 프랜차이즈 도넛 가게였다.

사장님이 이력서를 갖고 오라고 하셨는데, 내 경력을 있는 그대로 쓸 수가 없어서 다 지워버렸다. 결혼은 왜 아직도 안 했는지부터 시작해 왜 경력직으로 취직하지 않고 여기서 일하려고 하는지 등등 쓸데없는 질문을 받는 게 싫어서였다. 매장으로 가서 사장님 면접을 볼 때였다. 과거를 다 지운 내 이력서가 아무래도 이상했던지 사장님이 고개를 갸웃거리면서 물었다.

"그런데 여기 오기 전에 무슨 일 하셨어요? 이런 일 하게 안 생겼는데…."

착하지도 않은 주제에 거짓말은 잘 못해서 얼굴이 빨개진 채로 우물거리다 "이런 일 하게 생긴 얼굴이 따로 있나요?"라고 얼버무렸다. 순간 면접에서 떨어졌으면 좋겠다고 생각했다.

하지만 다행인지 불행인지 사장님은 나를 잘 봐주셨고, 덕분에 난 경험 없고 나이가 많은데도 매니저로 취업했다. 일하게 되었으니 기뻐야 하는데, 첫 출근을 하던 날 내 마음은 그야말로 지옥이었다. 신세 한탄과 푸념이 내 속에서 용암처럼 흘러 나왔다.

'잡지사 편집장까지 했던 내가 왜 취직도 못하고 아르바이트를 하게 되었을까.'

내가 있을 자리가 아닌 것 같은 곳에 와버린 것 같은 서러움이 차올랐다. '내가 왕년에' 하는 생각도 후졌지만 내가 했던 일과 도넛 가게 아르바이트 일에 차별을 둔 생각도 교만하고 어이없는 우월의식이었다. 부끄럽지만 그때는 쓸데없는 자존심에 스스로를 괴롭히고 자책하면서 시간을 보냈다.

폭풍 같은 감정이 잦아들자 이성이 돌아왔다. 냉철하게 생각해보니 나한테 나쁜 일이 일어나지 말란 법도 없고, 서른아홉의 나이에 이런 일을 할 사람이 따로 정해져 있는 것도 아니었다. 내가 지금까지 별일 없이 살 수 있었던 것은 그저 운이 좋았을 뿐, 나도 하루아침에 내가 서 있던 곳에서 떨어져 낯선 곳에 머물 수 있다는 사실을 받아들였다.

한편으론 '언젠가 이 상황이 끝날 것이고 그 뒤에는 꽃길이 나타날 거야'라는 근거 없는 희망고문 따위도 끊어내자 했다. 그저 이 일이, 그리고 이렇게 변한 내 일상이 영원할 수도 있다는 생각으로, '오늘'이라는 하루가 꽃길이 되도록 최선을 다하자고 결심했다.

일찍 결혼했으면 딸뻘일 아르바이트생들의 무시와 갈굼을 당할 땐 천불이 나기도 했지만, 틈틈이 밥을 사면서 거리를 좁혔다. 역시 밥의 힘은 셌다. 차츰 적응이 되자 놀랍게도 '이게 내 적성인가' 싶을 정도로 일이 재밌었다.

사장님도 일주일에 한 번 정도 나와서 정산만 잠깐 하고 갈 뿐, 매장 일에 간섭하지 않았고, 회사가 많은 곳에 있는 매장이어서 손님들도 점잖았다. 또 알바생과 나 딱 두 명만 근무하는 아담한 규모였기 때문에 일이 많지도 않았다.

시간에 쫓기지도 않고, 머리 쓸 일도 없고, 좋아하는 커피 향도 하루 종일 맡고… 정해진 시간만큼 육체노동만 하면 되니까 오히려 삶이 단순하고 가벼워졌다. 쓸데없는 자존심, 내 스스로 매겨놓은 삶의 등급, 내가 원했던 꽃길을 잃고 나서 얻은 평화였다.

그렇게 10개월 정도 일하다 다른 일을 하게 되면서 그곳을 그만두었는데, 나중에서야 그때의 시간과 경험이 해석되었다. 남들이 볼 때 '쟤는 왜 저리 안 풀릴까?', '나는 쟤처럼 되면 안 될 텐데' 하는 순간이 나에게도 올 수 있다는 것을 깨달았다. 삶은 때로 내 노력과 성실을 배반하기도 하기에 인생 앞에 겸허해질 수밖에 없다는 걸 체득했다.

이제야 다른 사람의 노동과 삶을 내 노동과 삶만큼 존중할 수도 있게 되었다. 돌고 돌아 10년이 지난 지금, 나는 또다시 비슷한 시간을 지나고 있다. 그동안 나는 노력하면 다 할 수 있다는 자신감을 잃었고, 팔팔하던 젊음을 잃었다.

카뮈는 말했다. "내가 만일 내 인생의 전환기를 느낀다면 그것은 내가 얻은 바에 의해서가 아니라 내가 잃은 그 무엇 때문이다."

어디 잃은 것이 자신감, 기대, 젊음뿐이랴. 정말 잃고 싶지 않던 것들을 수없이 잃었지만 감사하게도 난 지금 이렇게 잘 살고 있다. 그리고 앞으로도 지금까지처럼 잘 살 것이라 믿어 의심치 않는다. 상실은 어제보다 더 나은 오늘을 만드는 쪽으로 나를 이끌었고, 새로운 길을 만들어줬기 때문에. 내가 실망해 주저앉지 않는 한 언제나.

일하는 여자 동료를
잃거나
만난다는 것

친구는 점심 약속 장소에 김치통을 들고 나타났다. 나를 만나기 전, 문화센터 요리교실에서 열무김치와 배추김치를 실습했다고 한다. 김치통 같은 걸 들고 다닌 적이 없는 친구라 난 좀 뜨악했는데, 친구는 몹시 뿌듯한 얼굴이었다. 점심 첫술을 뜨자마자 친구는 비장한 얼굴로 말했다. "나 이번 육아휴직 끝나면 회사 그만두려고."

마치 선언 같았다. 20년 넘게 다닌 회사라 고민을 많이 하더니, 복귀를 앞두고 부담이 많이 됐던 모양이었다.

"왜? 아이 때문에?"

종종 워킹맘의 고충에 대해 듣기도 했고, 어쩐지 친구의 경력이 아까운 마음에 물었다.

　"아이도 아이지만 첫째는 나 때문이야. 이제 새 업무에 적응할 자신이 없어. 그렇다고 경험과 연륜으로 일할 수 있는 필드는 제한적이고."

　사실 친구는 마흔한 살에 결혼해 마흔두 살에 첫 아이를 낳고 바로 뇌종양에 걸린 전력이 있다. 출산하자마자 뇌종양 수술을 받았으니 혹독한 투병 기간을 거쳐야 했다. 정신과 몸이 온전한 상태로 회복하기까지 꼬박 1년이라는 시간이 필요했고, 그동안 제대로 육아를 하기란 불가능했다.

　육아휴직과 병가를 번갈아 내면서 1년 반 정도를 쉬었을까. 이제 나가도 되겠다 싶어서 복직을 신청했는데, 그 이후는 더 혹독했다. 휴직하기 전에 일하던 곳이 아닌 전혀 새로운 부서에 발령받는 바람에 적응하는 데 큰 어려움을 겪어야 했기 때문이다.

　사람도 일도 낯선 상황에서 친구는 아무리 해도 예전 같지 않다는 푸념을 종종 했다. 결국 일처리가 느려졌고, 그 느려진 속도를 따라잡으려면 주말 근무까지 감수하는 악순환이 계속됐다. 아이를 키우는 입장에선 버거운 상황일 수밖에.

　그럼에도 몸과 마음을 혹사시키며 버티다가 결국 다시 육아휴직을 냈고, 곧 복귀를 앞둔 터였다. 또 죽어라 하면 될지 모르겠지만, 이제 머리도 체력도 열정도 예전 같지 않은 상태라는 걸, 나도 알고 너도 아는 일. 그래도 혹시나 싶어 질척거리며 떠보았다.

"그래도 아쉽지 않아?"

"당연히 아쉽지. 그래도 청춘을 바친 곳인데."

"그러니까. 후회하지 않겠어?"

내 질문에 친구는 쿨하게 대답한다.

"사실 하고 싶은 거 다 했어. 일도 후회하지 않을 만큼 열심히 했고 놀기도 재밌게 놀았고. 이제 그만하면 됐다 싶어."

더 이상 미련도 여한도 없다는 친구의 말에 깨끗이 승복했다. 또다시 덤빌 엄두가 나지 않는 마음에 공감했다. 그동안 친구가 어떻게 그 자리까지 왔는지 잘 안다. 친구지만 기꺼이 존경한다는 말을 할 수 있을 정도로 열심히, 훌륭하게 자신의 몫을 잘해낸 친구.

그렇게 오랫동안 일군 것들을 접고 퇴장을 결심한 친구를 보자니 오래된 좋은 동료 하나를 잃은 것처럼 서운하고 속상했다. 한편으로는 베개에 머리만 닿으면 5초 안에 잠드는 친구가 며칠 밤을 샜다는 말에 그간의 고뇌가 헤아려져서, 김치통을 들고 가는 그녀의 뒷모습을 지켜봐주었다. 기왕 결심한 거, 홀

훌훌 털고 그 길에서 행복하라고 기도하면서.

나이가 들면서 모든 게 전과 같지 않다는 걸 인정해야 하는
건, 좀 고약한 일이다. 그럼에도 변화에 순응하며 살고자 하지만
결혼과 출산, 양육으로 그동안 쌓아 올린 커리어를 포기하고 떠
나는 여성 동료들을 보는 건 다른 의미로 곤혹스럽다.

나도 이제 또래의 여성 동료들을 찾기 힘든 것에 익숙해졌는
데, 친구와 헤어진 그날은 어쩐지 살아남아도 전혀 기쁘지 않
은 서바이벌 게임에서 생존인 듯 생존 아닌 생존 같은 걸 하고
있다는 느낌이었다.

얼마 전에는 새로 일하게 된 방송국에 일이 있어서 나갔다.
주말이라 텅텅 빈 사무실에서 한 작가가 혼자 일하고 있었다.
인사를 하고 이런저런 이야기를 나누는데, 알고 보니 함께 일
했던 피디가 겹쳤다. 공통분모가 생기자 이야기가 술술 풀리
더니 누가 먼저랄 것도 없이 애환이 쏟아졌다. 그녀의 입에서
드라마 공부를 하다가 라디오 작가 쪽에 처음 입문했다는 말
이 나오자 귀가 번쩍했다. 나 역시 마흔이 넘어 뒤늦게 방송작
가계에 입문해 좌충우돌했던 경험들이 세포마다 살아나서 그
녀를 환영하는 느낌이었다. 남들보다 늦은 출발과 새로운 일에
대한 적응의 부담감까지. 굳이 말하지 않아도 알 것 같았다. 무

엇보다 포기하지 않고 지금 이 자리까지 와준 그녀가 소중하고 반가웠다. 그 이후로 우리는 주말이면 만나 수다를 떤다.

어쩌면 산다는 건, 이런 밀물과 썰물의 연속이 아닐까. 하나둘씩 떠나는 여성 동료들을 보내는 마음은 쓸쓸하지만, 어느새 다가오는 또 다른 동료를 만나는 기쁨도 존재하는 걸 보면 말이다.

그리고 다짐한다. 비록 업데이트 속도가 느린 구형 핸드폰 같아도 나는 이 서바이벌 게임에서 오래오래 버티겠노라고. 그래서 누군가 이 자리에서 "나와 비슷한 사람 누구 없소?" 하고 찾을 때 금세 나타나서 그를 돕는 동료가 되어야겠다고.

이제는 내가 절실하게 바라는 그 누군가를 기다리기보다, 바로 내 자신이 그 누군가가 되어보려고 한다. 그리고 힘껏 응원한다. 자기 몫을 다하다가 퇴장한 그녀들을, 또 지금도 자기 자리에서 잘 버텨주고 있는 나를 비롯한 또 다른 그녀들을.

보호자 없는
인생에서
진짜 필요한 것

"빨리 병원에 가보세요. 약을 드릴 수가 없네요."

내 오른쪽 눈 상태를 심상치 않은 표정으로 들여다보던 약사가 말했다. 저녁 모임에 가려는데 갑자기 눈에 이물감이 생겼고, 살짝 비볐을 뿐인데 시간이 지날수록 증상이 심해져서 약국에 간 터였다. 별로 대수롭지 않게 여기고 그저 안약만 좀 넣으면 괜찮겠거니 하고 갔다가 약사의 반응에 당황했다.

시간을 보니 저녁 일곱 시 반. 근처 병원을 알아봤지만 이미 문을 닫은 상황이었다. 큰 병원 응급실에라도 가보라는 약사의 말에 겁을 먹고 가장 가까운 연대 세브란스 병원으로 향했다.

혼자 접수를 하고 응급실 인턴 두 명에게 문진을 받은 뒤 안과 의사를 만나기 위해 대기실 의자에 앉았다. 그사이 이물감은 점점 심해지고, 눈 바깥 피부가 붉게 물들면서 부어올랐다.

간호사가 오더니 일단 식염수 한 통으로 눈을 세척해야 한다고 해서, 그날따라 노트북과 책이 가득한 가방과 머플러를 옆에 두고 한참 동안 세척을 했다. 식염수 세례를 받은 눈은 오히려 더 뻑뻑해졌지만 어쨌든 병원 안에 있으니 괜찮겠다는 생각에 긴장이 풀어졌다. 허기가 밀려왔다. 생각해보니 점심을 어묵 하나로 때웠고, 모임에 가서 저녁을 먹을 예정이었다가 병원에 온 것이기 때문에 두 끼를 굶은 상태였다.

허기와 무료함 속에서 한참 눈을 감고 내 이름이 불리기만 기다리고 있으려니 내가 아픈 것을 누군가에는 알려야 할 것 같았다. 그 밤에 나이 든 엄마에게 전화하면 공연히 놀라실 것 같아서 후배에게 전화를 했다.

"내가 갈게요. 언니."

그 말이 반갑고 고마웠지만, 밤중에 나오라고 하기도 미안하고, 금세 끝날 거라고 생각해서 괜찮다고 했다. 그러나 대기 시간이 한 시간 반을 넘어가고 환자가 점점 많아지면서 나는 머리를 쥐어박으며 후회했다.

'폐가 되기 싫은 마음에 혼자 감당하고 말아야겠다는 고집이

과했어.'

화장실에 가고 싶어도 그사이 내 이름을 부르거나 다녀와서 앉을 곳이 없을까 봐 참았다. 눈은 계속 불편하지, 배는 고프지, 화장실은 가고 싶지. 속수무책으로 밀어닥친 삼중고가 공연히 서러웠다. 돌아보니 혼자 온 사람은 나뿐이었다.

한쪽에서는 젊은 여성이 배를 움켜쥐고 부축을 받으며 들어오고 한쪽에서는 나처럼 오래 대기하던 외국인 중년 남성과 한국인 부인이 간호사에게 언제쯤 진료를 할 수 있냐고 몇 번이고 묻고 있었다. 진료실에서는 여든은 넘어 보이는 할머니가 환갑은 넘어 보이는 할머니의 부축을 받으며 나오고 있었다.

모두 어떤 형태로든 보호자가 있었다. 내 발로 올 수 없을 만큼 대단한 질병이 아니어서 다행이라는 생각을 하면서도, 늦은 밤 병원 응급실에 혼자 앉아 있으려니 나 혼자 뚝 떨어진 행성 같다는 느낌이 들었다.

'내가 지금 배가 고파서 그런 거야.'

그렇게 애써 위로하면서 두 시간 만에 의사를 만나 '급성결막염'이라는 진단을 받은 뒤, 밤 열한 시에야 병원을 나섰다. 지칠 대로 지친 나는 그날따라 무겁게 느껴지는 가방을 들춰 메고 택시 정거장으로 향했다.

'나 아파. 지금 병원인데 데리러 와.'

누구한테든 어리광이 부리고 싶은 밤이었다.

엄살이 심한 아빠는 조금만 아파도 엄마를 찾았다. 우리 엄마로 말할 것 같으면 방 두 칸짜리 집에서 치매 걸린 시아버지를 모시며 똥 치우는 수발을 몇 년씩이나 한 사람이다. 그때 내 나이는 비록 어렸지만 할아버지를 정성껏 돌보는 엄마의 모습이 인상적이었다. 그 수고를 헤아릴 수 있을 것 같아 할아버지처럼 병든 채로 오래 살면 절대 안 되겠다는 생각을 했더랬다.

고생하는 엄마에게 아빠는 자기 몸이 아프면 봐달라고 엄살을 부리곤 했다. '왜 저러실까?' 싶을 정도로 그 모습이 못나 보였다. 어른이라면 자기 몸은 자기가 알아서 챙겨야 할 것 같았는데, 내가 보기에 그때 우리 집에서 어른은 엄마뿐이었다. 자기 몸을 스스로 돌보지 못하는 할아버지와 아빠는 주변을 고생시키는 존재였다.

자연스럽게 어른은 아플 때에도 혼자 해결해야 하고, 그러지 못하면 민폐라는 생각을 하고 있었다. 그 영향으로 되도록 폐를 끼치지 않고 사는 것이 당연했고 익숙했다. 그런데 그날은 분명 지금까지와는 달랐다. 별것 아닌 급성결막염이 나를 세차게 흔들고 있었다.

혼자 응급실에 다녀오는 해프닝을 벌였지만 내가 아프다는 걸 아무도 모른다는 사실, 어느 누구도 내 병에 관심이 없다는 현실을 깨닫자 이전에는 생각하지 못한 세상의 문을 연 기분이었다. 병이 생겨서 아픈 것만큼 보호자 없이 혼자 치료 과정을 거쳐야 한다는 건, 지금 40대 싱글로 살아가고 있고 어쩌면 앞으로도 혼자 살아야 할지도 모르는 나에게 또 다른 현실이었다. 급성 결막염보다 치료 과정을 혼자 감당하는 과정에서 느낀 감정들이 후유증처럼 내내 떠나지 않았다.

그날의 일은 일종의 각성제가 되었다. 아프다는 걸 무기 삼거나 관심받는 소재로 사용하는 건 사절이지만, 다른 사람에게 폐를 끼치기 싫어서 모든 걸 스스로 해결하는 것에는 한계가 있다는 사실을 인정하게 되었다. 인간은 나약한 존재이므로 돕고 살 수밖에 없다는 것. 그래서 다른 사람에게 도움을 요청하고, 가끔은 폐가 되는 용기가 필요하다는 것을 깨달았다. 또 점점 고장 나는 곳이 많아지는 몸을 대하는 내 태도도 바꾸어야 할 때가 되었다는 것도 인정했다.

더 이상 젊지 않은 내 몸을 젊은 줄 알고 과신하고 무심했던 나를 반성한다. 이제 내 몸에 관심을 갖고 검진도 성실하게 받고, 도움이 필요할 때 손을 내밀어야겠다고 다짐한다. 그것은 더불어 나도 다른 사람의 아픔과 외로운 치료, 회복 과정을 돌아보겠다는 다짐이기도 하다.

친한 사람이
점점
줄어드는 일

우리 동네 슈퍼 앞에는 구두 수선점이 있다. 60대가 훌쩍 넘어 보이는 구둣방 주인 아저씨는 꽤 무뚝뚝해 보여도 일하는 품새가 날렵했다. 아저씨에게는 열 살은 더 들어 보이는 할아버지 단짝이 있다. 그분은 무슨 일을 하시는지 몰라도 매일 출근하시는 것으로 보아 근방 건물을 관리하시는 분인 것 같다.

언제나 아침 일찍 출근하는 할아버지는 건물 앞 계단에 쪼그리고 앉아 구둣방 아저씨를 기다리신다. 나는 구둣방 앞을 지날 때마다 혹시 나이 든 할아버지가 구박받는 건 아닌지를 살피곤 했는데, 두 분이 종종 함께 식사하는 모습을 보고 그 생각을 접었다.

부슬비가 내리던 어느 날 아침, 그날도 가게 앞을 지나다 구 둣방을 보게 되었다. 작은 박스를 테이블 삼아 컵라면과 찬밥, 그리고 깻잎 반찬을 두고 두 분이 마주 앉아 식사를 하고 계셨 다. 단출한 밥상이 초라하게 느껴지지 않은 것은 함께 머리를 맞대고 밥을 먹을 친구가 있었기 때문이었다.

그 이후로도 깍두기 반찬에 식사하시는 모습, 짜장면을 시켜 드시는 모습을 봤다. 어느 날에는 모닝 다과를 하시고(과일을 깎 는 건 늘 구둣방 아저씨였다), 커피 타임을 갖기도 하신다.

얘기만 들으면 운치 있고 다정한 풍경이지만 막상 두 분은 아무 말 없이 꾸역꾸역 먹는 일에만 집중하신다. 대화를 나누 는 모습은 아주 가끔 봤을 뿐, 각자 일을 하거나 지나가는 사람 들을 멍하니 구경하신다.

두 분은 '누가 더 무뚝뚝한지' 경쟁이라도 하듯 대화가 없지 만, 어쩐지 그분들 나름의 끈끈하고 편안한 우정이 느껴졌다. 오랫동안 두 분을 지켜보면서 참 다행이라 생각했다. 함께 식 사를 할 수 있는 누군가가 있어서. 하나가 아니라 둘이어서.

나는 '혼밥'이라는 말이 유행하기 훨씬 전부터 혼밥을 자주 했다. 혼자 취재를 다니다 보니 어쩔 수 없는 선택이었다. 독립

하고 나서는 더 했다. 덕분에 남들보다 일찍 혼밥에 익숙해졌는데, 불쌍해 보일까 봐 혹은 어색해서 혼밥을 못 한다는 사람도 많다는 이야기를 듣고 깜짝 놀랐다.

요즘은 혼밥과 혼술이 대세라고 한다. 1인 가구가 과거에 비해 몇 배로 늘었으니, 자연히 대세가 될 수밖에. 게다가 꼭 1인 가구가 아니더라도 여러 이유로 혼자 먹는 경우도 많다. 나만 해도 불편한 사람과 먹느니 혼자 먹는 게 편하고, 시간이나 돈을 아껴야 할 땐 주저하지 않고 혼밥을 택한다.

그런데 구둣방 아저씨와 정체 모를 할아버지 듀오를 보면서 왠지 모르게 부러웠다. 아무 말 하지 않아도 편안한 그 박스 밥상이. 함께 밥을 먹는 친구가.

'어쩌면 나는 경제성, 효용성이라는 것에 매여 너무 많은 일을 혼자 하고 있는 건 아닐까.'

이런 의심이 들기 전까지 나는 스스로를 독립적인 사람이라고 자부했다. 그런데 필요나 편의에 의해 혼자를 선택하다 보니 누군가와 함께하는 것이 점점 부담스러워졌다. 조금 불편하다 싶으면 혼자 먹고, 그러면서 또 외롭다고 말하는 모순을 계속 쳇바퀴처럼 돌고 있었던 것이다.

마흔 중반을 넘어가며 내가 쓸 수 있는 에너지 안에서 사람을 골라 만나게 되었고, 그러다 보니 친한 사람들은 점점 줄어들고 있었다. 이제는 외로움을 느끼는 주기가 점점 빨라진다. 친한 사람들이 결혼하면서 조금씩 멀어지기도 했고, 새롭게 관계 맺는 건 버겁다 보니 관계의 폭이 엄청나게 좁아진 것이다.

'절친'이라 불렸던 사람들이 지우개로 지운 것처럼 사라졌고 나도 누군가에게서 지워졌다. 명절 연휴나 생일, 징검다리 연휴 등 약속 잡기 바빴던 전성시대가 저물면서 혼자 지내는 시간들이 늘고 있었다. 사실 난 혼자서도 잘 노는 사람이었다. 하지만 그것도 하루 이틀이어야 달콤한 법, 일상이 되면 말이 달라진다. 텅 빈 시간을 혼자 메우는 건 버거우리만치 심심하고 외로운 일이었다. 한창 젊을 때에는 있을 수 없는 일이었다.

'이러다 아무도 찾지 않는 독거노인이 되는 거 아니야?'

고민이 깊어져 한 수녀님께 "친한 사람들은 줄어들고, 새로운 사람을 만나기는 부담스러워요. 어떻게 해야 할까요?"라고 물은 적이 있다. 대답은 간단했다.

"같이 밥을 먹으세요."

밥은 사람과 사람을 이어주는 끈이 되어준다. 함께, 자주, 나눌수록 더 단단해지는 끈. 생각해보면 내가 힘들 때에 가장 힘이 되는 말도 밥 먹자는 말이었다.

'힘들 때 더 잘 먹어야 한다'면서 맛있는 식당으로 날 데려가 천천히 오래 많이 먹으라고 했던 선배. 당신이 먹어보고 맛있는 것은 내 접시에 올려주시던 선생님. 배가 든든해야 뱃심이 생겨서 일도 잘한다며 숟가락 위에 소고기를 얹어주던 친구.

배 속 두둑해서 돌아오는 길이면, 신기하게도 힘들게 느껴지던 삶이 견딜 만했다. 그리고 생각했다. 혼자가 아니어서 좋은 삶이라고.

타인은 때로 나에게 부담을 주기도 하고, 미움의 대상이 되기도 한다. 그래서 혼자가 편하고 혼자 할 줄 아는 것도 중요하지만 '혼자'는 '함께'와 균형을 이룰 때 더 의미 있는 것이다. '언제 한번 밥이나 먹자' 하는 영혼 없는 인사말이 아닌 진짜 '밥 먹자'는 말을 한 지가 언제였던가.

함께 밥을 나누고 싶은 사람들의 얼굴을 떠올려본다. 오늘은 그중 가장 반가운 누군가에게 연락을 해봐야겠다.

나이 드는 나와
불화하지 않고
사는 법

늘 똑같은 평일 오전 아홉 시 반. 종종 들르는 집 근처 커피 전문점에 들렀다. 출퇴근하는 직장인들이 소나기처럼 지나간 뒤라 가게 안은 조용하고 한적했다. 내 앞에는 60대로 보이는 한 아주머니가 주문을 하고 있었다. 금세 내 차례가 되겠거니 하며 기다리는데 감감무소식. 부인의 주문이 생각보다 오래 걸렸다.

무슨 일인가 싶어서 슬쩍 보니, 스마트폰으로 커피 전문점 회원가입을 하고 있는 것이었다. 무언가가 잘 안 되는지 아주머니는 아르바이트생에게 이것저것 물었고, 20대 초반으로 보이는 젊은 아르바이트생은 친절하게 설명해주고 있었다. 그래도 영 어려웠는지 아주머니는 급기야 자신의 핸드폰을 아르바이트생에게 내밀었다. 직접 해달라는 눈치였다.

이 정도면 짜증날 법도 하건만, 이 청년은 귀찮은 기색 하나 없이 친절하게 휴대폰을 넘겨받아 직접 해주는 게 아닌가. 다른 때 같았으면 '뒤에서 손님이 기다리고 있는데 뭐 하는 거야?' 하면서 욱했을 텐데, 그날은 달랐다. 어쩐지 그녀의 모습이 내 미래의 모습일 수도 있겠다 싶었고, 더 솔직히 이야기하면 청년의 친절한 태도에 녹아버려서 나까지 한없이 느긋해져 버렸다.

팔순을 코앞에 둔 엄마는 올해 들어서 처음으로 핸드폰을 장만했다. 엄마는 필요 없다며 기어코 고집을 부리다가 길에서 쓰러지면 급하게 연락할 수 있어야 할 것 아니냐는 나의 강력한 설득에, 마음이 약해졌는지 항복을 하셨다.

그 연세에 복잡한 기능이 가득한 스마트폰은 필요 없을 것 같고, 엄마도 싫다고 하셔서 전화를 걸고 받는 기능만 있는 휴대폰을 개통했다. 그런데 판단 미스였다. 지방에 사는 오빠와 엄마 친구 몇몇, 이모까지 문자 메시지를 보내오자 엄마도 답장을 보내고 싶었던 모양인지 나에게 슬그머니 문자 보내는 법을 물어보셨다. 글자를 쓰는 건 무리인 것 같아서 'ㅇㅇ', 'ㅇ

'ㅋ', 'ㅎㅎ', 'ㅋㅋ' 정도의 간단한 기호만 알려드렸다. 그것도 한참 걸렸다. 꾸준히 반복 학습을 한 엄마는 한 단계 더 욕심을 내셨다. 험난한 과정이 예상되었지만 엄마의 도전 정신이 대견 해서 특훈을 시작했다. 엄마가 주문한 단어가 있었다. '아들', '딸', '수고했다', '사랑해'. 버튼이 뻑뻑해서 세게 누르다 보니 손가락이 아프다 하시면서도 엄마는 특훈이 끝나면 자율학습 까지 열심히 하셨다. 그러더니 문자 조합의 원리를 깨닫는 유 레카의 순간에 이르렀고, 다음부터는 문장을 써내기 시작했다.

이제 엄마는 웬만한 문자는 문제없다. 우리 집 강아지 '밝힘 이'는 받침이 두 개나 있다 보니 어려워서 그냥 강아지라고 쓰 는 것만 빼면 다 보내신다. 물론 엄청난 시간이 걸리는 건 여 전하다. 그래도 시간 가는 줄 모르겠다면서 스스로 뿌듯해하는 엄마의 즐거움은 나한테도 전염되어 웃음을 준다.

나라면 그럴 수 있을까. 세상은 변화의 속도를 잘 쫓아가지 못해 뒤처지는 사람들에게 불친절하다. 이제 얼마 가지 않아 나도 카페에서 만난 부인처럼 내 힘으로는 도저히 안 되는 일 들에 도움을 받아야만 하는 순간이 올 것이다. 특히 기계치인 나는 디지털 세상의 변화를 쫓아간다는 게 버겁다. 어디 그뿐 이랴. 따라가기 버거운 건 여기저기 널렸다.

하지만 모르고 못 해도 포기하지 않고 시도했던 카페의 어느

아주머니나 기어코 문자를 배워낸 우리 엄마처럼, 더듬더듬 느리더라도 포기하지 않으면 앞으로 나아가는 법을 배운다. 이것이 나이 들어가는 나와 불화하지 않고 사이좋게 지내는 방법 중 하나라는 사실도 배웠다.

어쩌면 무언가를 배운다는 건, 누군가를 사랑하는 과정과 많이 닮아 있다. 아주머니의 질문을 바쁘다고 내치지 않고 끝까지 친절하게 가르쳐준 청년의 모습이 눈부셨던 이유이기도 하다.

기다리는 시간이 하와이안 코나 커피처럼 달콤하게만 느껴졌던 카페에서의 한 장면이 떠오른다. 커피 내음 가득한 곳에서 별 바쁜 일도 없는데 서두를 이유도 없었다. 팽팽하게 조여진 현이 풀어지는 느낌. 딱 그랬다. 좀 더디고 느려도 배우고 사랑하면서 살아야겠다고 다짐한다. 나 외에는 누구도 날 재촉하지 않으니 말이다.

우리는
이렇게
사랑하고야 만다

오래된 우리 아파트에는 아주 작은 산책길이 있다. 입주할 때부터 살았으니 이 집에 산 지도 17년이 다 되어가는데, 산책길은 최근에야 걷기 시작했다. 두 달 전에 생애 최초로 강아지를 키우기 시작하면서 가벼운 산책길을 찾다가 그동안 한 번도 가보지 않은 DMZ 같은 이곳을 드디어 밟았다. 그저 강아지 산책을 위한 곳이었는데, 요즘 이곳에서 뜻하지 않은 인연들을 만나곤 한다.

어느 날, 한 꼬마가 고양이를 안고 내 쪽으로 다가왔다. 꼬마와 사이가 좋아 보이는 것이 영락없이 집에서 키우는 고양이 같았다.

"너희 고양이니?"

"아뇨. 여기 사는 길냥이(길고양이)예요. 너무 많이 먹어서 뚱뚱해졌어요."

아이는 나에게도 강아지가 몇 개월인지, 남자인지 여자인지를 다정하게 물었다. 그러면서 자기가 여섯 마리쯤 되는 길냥이에게 이름을 붙여주었다며 뿌듯해했다. 우리 강아지의 이름도 묻기에 알려주면서 아이의 이름도 물었다.

"전 김가경이에요. 아줌마는 어디 사세요?"

"난 101동에 살아. 넌?"

"전 103동에 살아요."

통성명을 한 우리는 이 아파트에 산 지 몇 년 되었고, 집에서 어떤 강아지를 키우며 어떻게 놀아주는지 한참 수다를 떨었다. 그 뒤로 가경이와 가끔씩 산책길에서 만난다. 그럴 때마다 그 녀석은 강아지와 친구처럼 팔짝팔짝 뛰어 논다. 가경이를 만난 날은 우리 강아지도 나도 선물을 받은 것처럼 즐겁다.

한번은 20대로 보이는 남매가 길냥이들에게 먹이를 주는 모습을 보기도 했다. 그런데 남매가 나와 눈이 마주치자 나쁜 짓을 하다 들킨 것처럼 놀라서 나도 당황했다. 아마 길냥이들에게 사료를 주는 것을 싫어할까 봐 그러는 것 같았다.

얼른 미소를 장착하고는 인사를 건넸다. 그제야 안도하는 두 사람의 표정을 보니 왠지 착한 일을 한 것 같은 기분마저 들었다. 그 뒤로 종종 두 사람을 엘리베이터에서 만나곤 하는데, 아무에게나 꼬리를 흔들며 좋아하는 우리 강아지를 진심으로 (그렇다고 믿고 싶다) 반가워한다.

또 어느 날은 수상해 보이는 한 할머니를 포착했다. 풀숲에 들어가서는 계속 내 동태를 살피는 모습이 마치 어설픈 범인(?) 같았다. '나 지금 수상한 일을 하는 중'이라는 기운을 온몸으로 뿜어내서 누가 봐도 의심을 살 만했다. 궁금해서 모르는 척하고 가보니 멋쩍게 웃으면서 "아휴, 여기 고양이가 사네?" 하신다. 묻지도 않았는데.

할머니가 서 있는 풀밭 밑에는 깨끗한 담요 한 장이 깔려 있었고, 그 위에 고양이 사료가 놓여 있었다. 내가 뭐라고 할지 표정을 살피시기에 얼른 안심시켜 드렸다. 그러자 바로 이야기 봇물이 터진다. "아기 때부터 봤는데 사람을 아주 잘 따르더라고.", "사람 먹는 음식은 주면 안 돼.", "길에서 사는데도 깨끗하다니까?" 등등. 할머니 덕분에 우리 동네 길고양이 현황을 파악했다. 더불어 할머니가 요즘 심장이 안 좋아져서 멀리 나가지 못해 속상하다는 하소연도 덤으로 들었다. 어쩐지 그런 수다가 정다웠다.

집으로 돌아오는 길, 길고양이가 잘 지내는 것에 대한 안심인지, 길고양이를 돌보는 사람이 많은 것에 대한 안심인지, 아니면 떠도는 생명을 돌보는 사람들이 존재하는 것에 대한 안심인지 모를 안도감 비슷한 것이 들었다. 이어서 내가 살고 있는 공간이 따뜻하게 느껴졌다.

이렇게 특별하지 않은 일상 속에도 빛나는 순간은 존재한다. 그 순간을 발견하느냐 지나치느냐는 내 몫이다. 별것 아닌 이런 순간이 참 따뜻하다고 느끼는 요즘, 비슷한 결의 책을 만났다. 『우리는 이렇게 사랑하고야 만다』. 일상의 희로애락을 놓치지 않고 소중하게 여기는 고수리 작가의 시선이 담긴 에세이집이다. 이 책에서 가장 먼저 마음에 와닿았던 글이 바로 길냥이에 대한 내용이었다. 아파트 앞 골목길 화단에 살던 고양이 화단이. 그 동네에선 꽤 유명한 길고양이란다.

"안녕. 잘 지내니, 나도 오가며 눈도장을 찍었었는데 외출이 뜸한 사이 녀석은 집을 옮겼다. 바로 코앞. 지하철역 입구 자전거 주차장 구석에 새집이 생겼다. 그 역시 화단이를 돌보는 누군가의 손길이리라. 눈이 오나 비가 오나 들여다보며 챙기는 꾸준한 손길이 위태로운 생명 하나를 지키고 있었다."

길고양이를 돌보던 동네 주민들의 얼굴이 스쳐 지나갔다. 사는 곳은 다르고 처한 환경은 달라도 어쩐지 같은 곳을 바라보고 있다는 느낌이 들었다.

"녀석이 앉은 자리는 봄이면 벚꽃이 눈처럼 흩날리는 자리. 꽃 피는 봄이 오면 추운 얼음눈 대신 따뜻한 벚꽃눈이 펄펄 내릴 것이다. 녀석에겐 멋진 구경이 되겠지. 그러니 그때까지 부디. 지난겨울을 무사히 갈아냈듯이 올해 겨울도 무사히 살아남기를. 꾸벅꾸벅 조는 화단이를 보며 바랐다."

4월 어느 날, 여느 때와 같이 산책길에 들어섰더니 벚꽃잎들이 눈처럼 날리고 있었다. 처음으로 벚꽃이 날리는 것을 본 강아지는 정신없이 벚꽃잎을 잡으러 쫓아다닌다. 그 모습이 귀여워서 웃고 있는데, 저기 멀리 서 있는 길냥이가 눈에 들어왔다. '저 천지분간 못하는 까불이는 언제 철이 들려나' 하는 표정으로 느긋하게 아기 강아지를 쳐다보고 있었다. 고양이 위로 눈처럼 떨어지는 벚꽃이 그림처럼 아름다웠다. 그때 나도 비슷한 걸 바랐던 것 같다.

'기껏해야 길고양이의 수명은 3년. 태어나 봄을 맞는 건 단 세 번. 너한테는 몇 번째의 봄인지 모르겠지만 부디 이 봄이 행복했으면 좋겠다.'

존재조차 몰랐던 길에서 길냥이들과 길냥이들을 돌보는 이웃들이 남긴 흔적들을 발견하는 건, 일상의 작은 감동이자 즐거움이다. 잠깐일망정 서로를 향한 친절로 이어지니 더 그렇다.

이 책은 이렇듯 우리가 그냥 지나칠 수도 있는 샛별 같은 순간 과 인연들을 응시하게 해준다.

"시인 메리 올리버는 '평온한 날씨도 엄연히 날씨이며 보도할 가치 가 있다'고 했다. 평온한 날씨에 한가롭게 자전거를 타는 일. 하루의 끝에서 온전히 나만의 시간을 가지는 일. 아무 생각 없이 그저 바람 을 느끼는 일. 이처럼 특별하지 않아서 소소하다 느끼는 일들이야말 로 나는 특별하다고, 행복하다고 생각한다."

고수리, 『우리는 이렇게 사랑하고야 만다』 중에서

책을 덮을 즈음, 익숙한 느낌이 나를 감쌌다. 생각해보니, 길 냥이를 돌보던 이웃을 만나고 돌아섰을 때 들었던 안도감과 온 기였다. 참 이상하게도 삶의 작고 사소한 순간들이 빛날 때마 다 세상은 살 만하다는 희망이 생기고 있었다.

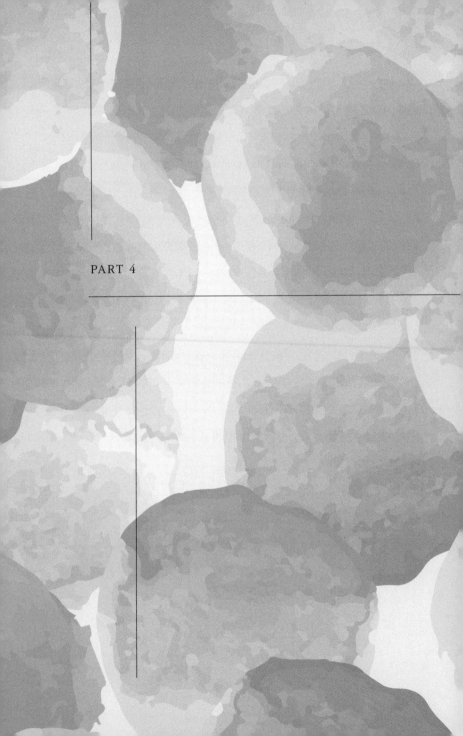

PART 4

짝이
없어도 ———————— 충분하다

싱글이기에
할 수 있는
일들

　나는 남자든 여자든 글을 잘 쓰는 사람에게 큰 매력을 느낀다. 요즘 가장 많이 홀리는 곳은 페이스북이다.

　몇몇 글쟁이 중 내가 좋아하는 편집자가 있다. 그녀는 타의 추종을 불허하는 이야기꾼이기도 하고 특히 여성 관련 이슈에서는 파이팅 넘치는 파이터이기도 하다. 그렇다고 마구잡이식 쌈꾼은 아니고 적정한 선을 지킬 줄 아는 고수다.

　똑소리 나게 야무지고 게다가 유머 있고 따뜻하기까지 한 그녀의 포스팅을 혼자 보기 아까워서 친구에게 소개한 적이 있다. 나는 무척 달뜬 마음이었던 데 비해, 친구는 심드렁했다.

"엄청 똑똑한 것 같아. 그런데 내가 구닥다리인지 몰라도 저렇게 기가 세서 시집이나 갈 수 있을까 싶더라."

순간 내 표정이 변한 모양이다. 친구는 아차 싶었던지 얼른 "이런 게 꼰대짓이지?"라며 급히 수습했지만 이미 엎질러진 물. 난 1초의 망설임도 없이 말했다.

"그래. 꼰대짓인 걸 아니 다행이다."

나는 어떤 것이든 '결혼'과 연관시키는 사람들의 신공에 매번 놀란다. 도대체 자기 의견을 똑 부러지게 말하는 것과 결혼이 무슨 연관이 있는 걸까. 그런데 그 순간 '어? 근데 이 말을 어디서 들었더라?' 기시감이 들었다.

"너는 기가 세서 남자가 접근하는 게 쉽지 않을 거야."

"남자들은 똑똑한 여자 부담스러워 해."

생각해보니 마흔이 되기 전까지 나도 꽤나 들은 말이었다. '기가 세다' 하면 저마다 떠오르는 이미지가 있다. 극성스럽다, 안 지려고 한다, 목소리나 행동이 우악스럽다, 같이 있으면 주눅이 든다…. 내 경우엔 여러 남자 사람들에게 들은 바를 종합적으로 유추해본 결과, 의견을 따박따박 말하는 태도가 가장 큰 원인이었다. 거기다 직업상 얕고 넓게 이것저것 알아야 하다 보니, 얼핏 똑똑하게 보였던 모양이다. 실제로는 전혀 그렇지 않은 헛똑똑이 허당인데 말이다.

그럼에도 그렇게들 느꼈다니 드센 여자이긴 한가 본데, 그 말 뒤에는 여러 가지 메시지가 담겨 있었다. 내가 누군가를 만나서 연애나 결혼을 하려면 기를 죽이든가, 똑똑하지 않은 체를 해야 한다는 것, 혹은 나 같은 여자를 만나면 고생한다는 것, 그래서 나를 휘어잡을 수 있는 남자를 만나야 한다는 둥 대체로 부정적인 메시지였다. 그래서 나는 하루라도 빨리 나한테 들러붙은 드센 기운을 털어내고 싶었다.

그런데 먼지도 아니고 이 기운을 털어낼 방법은 없었다. 또 내 주변에는 나보다 더 기가 세 보이고, 훨씬 똑똑한 여자들도 어디선가 남자를 만나 잘만 연애를 하고, 결혼도 척척 하고 있었다.

그래서 전략적으로 행동한 적도 있다. 마음에 드는 사람이 나타나면 내 감정이나 생각을 수동적으로 표현하면서 고분고분하고 참한 여자 흉내를 냈다. 부끄럽고 바보 같은 짓이었다. 누구를 위한 것인지 당최 알 수 없는 나의 참한 여자 코스프레는 별 소득 없이 끝났고, 그 시간을 건너면서 내 생각에도 작은 균열이 생기기 시작했다. 그리고 언제부터인가 자기다움을 갖춘 사람의 당당함이 눈에 들어왔고, '여자는 이래야 한다'는 틀에 나를 맞추고 나답지 않은 모습으로 잘 보이는 건 내가 살아온 삶과 내 자신을 부정하는 것이란 생각이 들었다.

나이를 먹으며 또 이런저런 일을 겪으며 기 센 여자를 바라보는 내 관점이 바뀌기 시작한 것이다.

내 생각과 의견, 마땅한 욕망에 대해 당당하게 말하는 것은 잘못된 게 아니다. 결혼이 늦어지거나 실패한 것도 부끄러운 일이 아니다. 결혼한 사람들이 결혼생활을 통해 많은 것을 겪고 성숙한 것처럼, 싱글이 아니었으면 절대 몰랐을, 겪지 않았을 일들을 겪으며 성숙하면 되는 거니까.

솔직히 지금은 어디선가 기를 좀 받아왔으면 좋겠다 싶을 정도로 기가 빠졌다. 머리 회전도 예전 같지 않고 순발력도 떨어진다. 오죽하면, 조금 경우 없는 나이 어린 사람에게 대차게 당하고는 그 자리에서는 버벅대다가 집에 와서야 "이렇게 되받아쳤어야 하는데" 하면서 이불킥을 하곤 한다. 예전 같으면 있을 수 없는 일이다.

반면 좋은 점도 있다. 날은 좀 무뎌졌을지언정, 자기 목소리를 가진 여성들이 너무나 예뻐 보인다. 기가 세 보이는 여자나 여우 같은 여자나 모두 재밌고 좋다.

이제는 잘 보이고 싶은 사람도 별로 없거니와, 진짜 좋은 사람이란 나를 가장 나답게 만들어주는 사람이라고 생각하니 마음이 편하다. 나도 누구에겐가 그런 사람이 되어야 함은 물론이고.

나이가 들더라도 나이와 상관없이 매력 있고, 명쾌하면서도 부드러운 자기 목소리를 갖고 있는 사람이 되고 싶다. 내가 사랑하는 그 누군가도 그런 사람이었으면 좋겠다. 그런 좋은 인연을 만나 가장 자기다운 모습으로 관계 안에서 자유롭게 유영할 수 있으면 좋은 거고, 아니면 지금까지처럼 내 삶을 차곡차곡 채워나가면 되지 않을까. 기 센 여자의 길을 가면서 자기 목소리를 당당하게 내고 있는 여성들을 응원하면서, 또 싱글이기 때문에 할 수 있는 일들을 하면서 말이다.

여전히 유치하고
성실하게
이기적인 연애

"50까지 우리 둘 다 결혼 못 하면 너랑 나랑 같이 살자."

30대 후반에 친한 고교 동창 친구와 우스갯소리로 한 말인데 우리에게 그 신화 같던 나이, 50이 닥쳐왔다. 이러다가 우리 강제 동거하게 생겼다고 하던 차에 친구에게 애인이 생겼다.

지난해 가을, 연애를 시작한 친구의 얼굴은 3월의 봄처럼 화사하고 생기가 돌았다. 그간 행복하게 잘 지낸다는 소식을 직간접적으로 듣다가 간만에 "아직도 햄 볶고 있냐?" 하고 좀 놀려줄까 싶어서 지난주에 전화를 걸었다.

"나 그 남자랑 헤어졌어."

가슴이 철렁했다. 분명 2주 전까지 잘 만나고 있다는 소식을 건너서 들었는데, 그 사이 무슨 일인가 싶어 얼른 만나러 나갔다. 이야기를 들어보니 사소한 오해가 쌓였고, 그것을 제때 풀지 못한 탓이었다.

나이가 들어도 다투거나 헤어지는 이유는 젊었을 때와 별반 다르지 않다. 여전히 유치하고 성실하게 이기적이다. 그렇다 하더라도 남녀의 연애사를 제삼자가 속속들이 알 수 없는 법. 둘만의 미묘하고 내밀한 것들이 씨줄 날줄처럼 엮여 있을 것이었다. 힘들어하는 친구의 이야기를 듣고 있자니, 기억 속에 묻어두었던 나의 마지막 연애가 떠올랐다.

이제 나에게 사랑은 오지 않을 것이라고 생각했던 때가 있다. 마흔을 넘기면서는 소개팅을 나가도 시큰둥했다. 상대방이나 나나 서로 흥미를 못 느낀 채 건조한 시간을 보내다 집에 들어올 때면 자괴감이 들곤 했다. 아예 결혼에 대한 마음을 접는게 낫겠다 싶었다.

그러던 차에 별 기대 없이 나간 소개팅에서 그를 만났다. 처음부터 이야기가 잘 통했고, 전에 없이 너무 편안해서 관계가 순탄하게 진전되었다. "내게도 사랑이…" 하며 허공에 두둥실 부푼 마음을 띄운 채로 지냈었다.

조심스럽게 가정을 꾸리는 것에 대해서도 생각하던 차에, 우리 관계에도 위기가 왔다. 생각지도 못한 데서 사소한 오해들이 생긴 것이다. 문제가 생기기 전에는 나이도 어느 정도 들었으니 젊었을 때보다는 훨씬 너그럽고 문제를 잘 해결할 수 있을 거라고 생각했다. 그러나 천만의 말씀. 상대를 이해하기보다는 내 감정이 더 앞서고, 상대의 입장보다는 내 자존심이 우선되었다. 수양이 덜 된 미숙함은 여전했다.

결국 사소한 오해를 풀지 못한 채 갈등의 골은 깊어졌다. 아무것도 아닌 일이 큰일이 되어버리는 건 순식간이었다. 우리는 하루아침에 어이없게 헤어졌다. 그때 내가 가장 견딜 수 없었던 것은 이별의 방식이었다. 남자는 오해와 서운한 감정을 풀려는 노력 없이 잠수를 타버렸다. 남자들은 대부분 동굴 속에 들어가는 속성을 가졌다고 하니 거기까지는 이해했다.

문제는 내가 39.5도까지 갑자기 열이 올라서 응급실에 가게되었을 때였다. 열이 너무 올라서 몸이 사정없이 떨리는 와중에 도움을 청할 사람이 없어서 나는 그 남자에게 SOS를 쳤다. 그러나 묵묵부답. 결국 나는 혼자 응급조치를 받으며 마음을 정리했다. 침묵도 분명 대답의 하나니까. 하지만 응급실로 와달라는 애인의 연락을 씹은 남자의 행동이 도무지 이해가 안 돼서 친구에게 일러바쳤다.

"혹시 그 남자 죽은 거 아니니?"

친구의 말에 빵 터졌다. 하긴 그렇지 않고서야 원수진 것도 아닌데 그 정도로 매정할 수가 있을까 싶었다. 아무튼 응급실에 다녀온 다음 날, 난 계속 잠수 중인 그 남자에게 마지막 메시지를 보냈다. 당신이 보인 태도를 이별로 받아들이겠다고. 그동안의 시간에 감사하다고.

그리고 몇 시간 뒤에 남자에게서 이메일로 이별 통보를 받았다. 잠수 타기와 이메일 이별 통보. 최악이었다. "오냐, 끝이다!"하며 깔끔하게 종이 접듯 마음을 접을 수 있다면 좋으련만 나는 실연당한 여자의 전형적인 전철을 그대로 밟고 말았다. 찌질하게 마음이 아팠고, 잠 못 이루는 밤이 이어졌으며, 무엇보다 그가 보고 싶었다. 그럴수록 원망도 커졌다.

'내가 너무했나? 그래도 그렇지 이렇게 이별 통보를 하는 건 너무한 거잖아. 그동안 좋아하며 함께 보낸 시간이 있는데.'

'먼저 다가가서 이야기를 들어줘야 했나? 아니야. 무슨 문제가 생길 때마다 이런 식으로 잠수 타고 도망갈 텐데 그걸 매번 어떻게 겪어? 지금 마무리하길 천만다행이야.'

'그래도 내가 마음을 준 사람인데 한번 잡았어야 했나? 아니야. 내가 도움을 요청할 때 이렇게 모른 체한다면 앞으로 다른 어려움이 생겨도 그럴 텐데, 그건 내가 감당 못 하겠다.'

생각이 꼬리를 물고 치열하게 줄다리기를 했다. 그러다 그가 오해했던 부분들과 내 솔직한 감정을 문자로 보냈다. 무엇보다 오해는 풀고 싶었다. 만나는 것만큼 어떻게 헤어지느냐도 중요하니까, 다음에 우리가 다른 사람을 만나더라도 같은 실수는 하지 않았으면 하는 마음에, 라고 그럴싸한 이유는 갖다 붙였지만 사실은 그가 나를 붙잡아주길 바랐다. 하지만 결론은 또 묵묵부답. 젠장, 그나마 남아 있던 알량한 이미지와 자존심이 일타쌍피로 완전히 구겨졌다. 지금도 그때를 생각하면 이불 킥을 하게 된다. 미쳤지, 미쳤어.

다시 그때로 돌아간다면, 난 다르게 반응할 수 있을까. 친구의 실연 이야기를 들으며 다시 나에게 물어보았다. 잘 모르겠다. 다만 그땐 보이지 않던 것들이 지금에서야 보일 때가 있다. 생각해보면 내가 그와의 관계에서 두려워한 것이 있었듯 그도 나와의 관계를 지속하는 데 어떤 두려움을 느꼈던 것 같다. 그래서 도망을 간 것이고. 우리 두 사람 모두 각자의 두려움을 넘어서기엔 미숙했고, 그 어려움을 감당할 만큼은 사랑하지 않았던 것뿐이다. 그런 수고와 위험을 감수하기에는 너무 계산적이었는지도. 그나마 다행인 것은, 마지막에 패를 다 까고 와장창 구겨지긴 했어도 내가 할 수 있는 일은 다한 것 같아 후회는 남지 않는다는 것. 다만 다음에 누군가를 만나게 된다면, 그때보다는 자라 있기를 바랄 뿐이다.

어쩐지 싱숭생숭해져서 그때의 내 연애 이야기를 알고 있는 친구에게 연락해 이런저런 이야기를 나누었다. 내가 사람을 만나는 것도, 사랑을 시작하는 것도, 사랑을 지키는 것도, 사랑을 끝맺는 것도 참 어렵다고 말하자, 친구는 한숨 고르더니 조금 다른 답을 보내왔다.

〔그렇지. 근데… 좀 부럽다. 실연의 달콤한 아픔이.〕

결혼 생활 23년 차인 그녀의 말이 무슨 뜻인지 알 것 같았다. 지금 뭘 하고 있냐고 물었더니 자기는 베란다에서 글을 쓰고 있단다.

〔남편은?〕

〔저 인간은 사각 빤스 입고 책 읽고 있음. 꼴 보기 싫음. 말 안 시키니 다행. ㅎㅎㅎ〕

친구는 실연을 말하는 내가 부럽다 하고, 나는 사각 팬티 입고 책 읽는 남편, 베란다에서 글 쓰는 아내가 있는 그 풍경이 부러웠다. 그래서 세상은 공평한 건가.

금은
밟아야
맛이다

"나는 앞으로 남자 스무 명은 만나볼 거예요."

수강 중인 한 수업에서 40대 후반 돌싱녀가 한 말이다. 그 말을 듣고 사람들은 박장대소했지만 그녀는 사뭇 진지했다.

20대 초반, 가장 싱그럽고 예뻤던 때 그녀는 한 남자를 만나 사랑에 빠져서 결혼을 했고 딸을 낳았다. 남들처럼 행복할 줄 알았지만 꿈같은 허니문은 오래가지 않았다. 이혼 후 홀로 딸을 키우며 집안일 하랴, 돈 벌랴, 조그만 몸으로 1인 3역을 감당하는 사이, 어느덧 40대 후반이 된 것이다.

"지금 와서 생각해보니까 연애를 못 한 것이 가장 억울하더라고요."

가장 젊고 예뻤던 시기를 통편집당하고, 아무도 알아주지 않고 티도 안 나는 고생만 하다가 어느덧 이른 중년. 서럽고 억울할 만했다. 그 이야기를 듣고 있던 50대 인생 선배 언니들이 힘차게 그녀를 응원해주었다.

"아직 청춘이야. 지칠 때까지 만나 봐."

한 여성으로서 사랑받으며 행복과 환희를 누리려는 그녀의 욕망이 참 건강하게 느껴졌다. 그래서 누구보다 좋은 사람을 만나서 뜨거운 연애를 하기를 진심으로 응원했다.

나이 들어도 사랑을 바라고 상대를 유혹할 수 있는 사람, 언제든 사랑에 빠질 준비가 되어 있는 사람에겐 건강한 텐션이 보인다. 요즘은 그녀처럼 40대나 50대에도 매력을 잃지 않은 사람들을 종종 접하곤 한다. 특히 남성에게 선택당하기를 기다리지 않고, 자신의 욕망을 당당하게 표현하는 싱글 여성을 보면 박수를 쳐주고 싶다.

얼마 전 페이스북에서 어떤 중년 싱글 여성이 비밀번호를 '4836'이라고 정했다는 글을 봤다. '48살에 36살짜리 연하 만나지 말라는 법 없다'는 바람이 담겼단다. 나야 주변머리 없고 능력도 안 돼서 그 정도의 배포는 부릴 줄 모른다 하더라도, 그 여성의 포부는 '좋아요 열 개'를 누르고 싶을 만큼 유쾌했다.

돌아보면 지금은 '뭐, 어때?' 하는데 과거에는 '그건 절대 안 되지' 했던 일이 꽤 있다. 그중 하나가 연하남은 안 된다는 거였다. 그래서 20, 30대 때 간혹 한 살이라도 어린 친구들이 다가오면 '어딜 감히 누나한테!' 하는 마음으로 딱 잘라버리는 망언을 했다.

지금 생각하면 실소가 나온다. 그 시절에는 연상녀에 연하남 커플이 드물기도 했지만 그렇다 해도 내가 좋으면 그만일 텐데… 따지고 보면 대세를 거스르는 것을 두려워한 내 성정 탓인 것 같다.

한 번쯤은 통념이라는 것, 내가 정해놓은 틀이라는 것을 넘어볼 걸. 마흔이 넘고 보니 그런 점이 가장 아쉽다. 내 성정에 사고를 쳐봐야 멀리 못 갈 게 뻔했을 텐데, 난 무던히도 금을 밟거나 금 밖으로 나가지 않으려고 애쓰면서 살았던 것 같다. 그게 안전하다고 여겼으니까.

물론 조심조심 살아온 덕분에 그 나름의 유익도 있었지만, 돌아보면 안전하기만 하다는 게 과연 좋기만 했을까 하는 의문이 생긴다. 실수하기 싫고, 남들이 가지 않는 길을 가는 것이 두렵고, 사람들의 눈이 신경 쓰이고, 이런 불편함과 위험을 감수하는 게 두렵고 싫어서 '안전지대'라는 선을 만들고 넘어가지 않으려 애쓰며 살았다. 관계도 어느 선 이상은 넘어오지 못하게 했다. 생각해보면 비겁하고 이기적이면서 스스로를 가두고 주저앉히는 패턴이었다.

"아무것도 하지 않으면 아무 일도 일어나지 않는다."

사랑도 마찬가지 아닐까. 늘 무슨 일이든 일어나길 바라지만, 정작 아무것도 하지 않은 채 안전지대에만 머물면 어떤 일도 일어나지 않는다. 그러다가 놓친 인연이 얼마나 많을까.

"너무 위험해서 어쩌면 모든 걸 잃을지도 모르는 선을 넘는 순간, 기적은 시작된다. 선은 넘어야 제 맛, 금은 밟아야 제 맛이다. 모든 길에 뜻밖의 샛길이 있듯, 모든 경계에는 비밀스러운 틈새가 있다."

정여울, 『마음의 서재』 중에서

마흔을 넘긴 싱글 여성들을 만나 이런저런 고민을 나누다 보면 '40대에도 과연 로맨스라는 게 찾아올까?' 하는 이야기가 나온다. 얼마 전 만난 후배도 이런 고민을 털어놓았다.

"언니, 지금 만나고 있는 썸남이 남편감으로는 그다지 좋은 사람 같지는 않아. 그래서 머뭇거리게 되는데 이 사람을 놓치면 또 기회가 올 것 같지 않아. 그래서 자꾸 초조해져."

실제로 젊을 때처럼 기회가 쉽게 오진 않는다. 그래서 난 후배에게 '썸남이 있다는 것만도 좋은 일'이라고 격려해줬다. 현실적인 어려움과 희박한 가능성을 뚫고 기회가 온다면, 사회의 규범을 어기는 관계를 제외하고, 위험 요소라고 생각되는 금을 일단 밟아보라고 말했다. 가보고 아니면 다시 되돌아오면 되는 거니까.

"이 사람은 이래서 안 돼. 저래서 안 돼. 그렇게 만들어놓은 내 마음을 선을 넘어야 기적도 일어날 수 있지 않겠니?"

후배에게 '금을 밟아라, 아니어도 기회는 또 온다' 하고 실컷 침 튀기며 훈수를 두었지만, 실은 여전히 제 머리는 못 깎는 겁 많은 나에게 건네는 충고이자 기합이었다.

가지 않은 길에
미련 버리기

서른 살 무렵의 일이다. 내 인생에서 가장 열렬한 구애를 받았다. 교회에서 청년부 활동을 같이했던 그는 명문대 출신의 대기업 사원, 게다가 나이도 나보다 한 살 어렸다. 감지덕지해도 모자랄 판이었지만, 너무 지극정성이고 저돌적인 그가 부담스러워서 몇 번이나 거절했더랬다.

그래도 그는 병풍처럼 나를 조용히 오랫동안 기다려주었다. 그게 미안하기도 하고 감동스럽기도 해서 결국 데이트를 시작했는데, 사랑의 단계까지 가는 데에는 실패. 내 나름대로 노력을 했는데도 어떤 끌림이 없어서 그의 지극정성에도 불구하고 관계를 끝내고 말았다.

그러다 얼마 전 우연히 그가 다니던 회사의 대표가 신문에 실린 것을 보았다. 한 번도 그런 적이 없었는데 문득 그의 소식이 궁금해져서 그의 이름을 검색해봤다.

"○○○ 이사, ○○○ 회사 사장 취임."

기사를 보는 순간, 나는 얼음이 되었다. 그는 큰 회사 계열사의 사장이었고, 꽤 의미 있는 사업을 추진하며 주목받고 있었다. 사진 속의 그는 15년 전 그때와 거의 비슷한 모습이었고, 성공한 중년으로서의 안정감과 여유까지 갖추고 있었다.

마음이 눈에 보이지 않는다는 게 얼마나 다행이었던지. 제어를 할 틈도 없이 수천 가지의 생각과 감정이 지뢰처럼 터졌다. '내가 그때 그를 거절하지 않았더라면!'이라는 가정하에 사모님이 된 내 모습이 파노라마처럼 펼쳐지기 시작했다.

그러면서 지금의 내 모습이 보였다. 을 중에서도 슈퍼 을로 살아가는 프리랜서 작가. 생각이 꼬리잡기를 하면서 웃음이 나왔다. 하하하… 도대체 내가 무슨 짓을 한 거라니.

돈을 아껴야 하니까 당분간 카페 커피는 끊자. 집안 빚 때문에 고생하는 친한 언니, 좋은 곳에 가서 밥 한 끼 사주고 싶은데. 병 때문에 요양 중인 선생님께 용돈이라도 보태드리고 싶은데 그것도 못 했네. 혼자 딸을 키우는 싱글맘 친구와 가까운 근교라도 놀러 가고 싶은데 지금은 그것도 낭비다…. 요즘 수입이 시원치 않아서 허리띠를 졸라매야 했던 불편함들이 어느새 궁상스러움으로 변주되고 있었다.

왠지 서글퍼졌다. 내 스스로 생계를 책임져야 하고, 일터에서 간당간당한 목숨 줄을 지키느라 아등바등해야 하는 처지의 고단함이 밀려왔다. 그런 삶에 치여 지친 탓이리라 애써 변명해봤지만 그래도 속물스러운 생각들이 좀비처럼 들러붙었다.

하지만 떠나간 버스를 보며 공연히 속상해하고 아쉬워해봐야 무엇할까. 세상 쓸데없는 게 그런 미련. 하나 득 될 것 없는데 에너지를 낭비하고 싶지 않아서 얼른 냉정을 되찾았다.

내가 만약 '사모님'이 되었다 해도 난 분명히 그의 수입에만 기대어 살진 않았을 것 같다. 내 DNA에는 '내 일'이라는 게 뼛속 깊이 자리하고 있으니까. 그래서 어쩌면 내 자리였을 수도 있을 그의 와이프 자리(라 쓰고 '사모님 자리'라 읽는다)가 나의 행복을 보장하는 자리라는 공식은 맞지 않는다.

남의 떡, 남의 자리가 커 보일수록 내 선택을 잘못된 것으로 확신하게 된다. 남의 자리를 크게 보며 '그때 그랬더라면' 하는 가정은 지금 현재를 부인하며 무시하는 것. 내 삶은 그렇게 간단하게 부인하거나 무시해도 될 만큼 아무것도 아닐까. 몇 번을 생각해도 결코 아니다.

비록 슈퍼 을로 하루하루 고단하게 살고 있을지언정, 어쩌다 보니 옆구리뿐만 아니라 온몸이 시린 채로 수많은 계절을 보냈을지언정, 내가 최선을 다해 켜켜이 쌓아온 시간은 지금의 나와 내 삶을 이루었고, 지난한 시간들을 잘 통과한 지금의 내가, 이만하면 괜찮다고 생각하기 때문이다.

사모님이 되어도 좋았겠지만 내가 그와 결혼했으리라는 보장도, 결혼했다 해도 행복했으리란 보장도 없으니까. 그리고 내가 한 선택이 최선이었을까 하며 의심하는 것보다, 내가 한 선택이 최선이 되게끔 노력하는 것이 더 중요하다고 믿는다.

다만 그가 자기 자리를 일구어가는 모습을 확인하면서 참 괜찮은 사람이었던 그를 당시 알아보지 못한 내 썩은 눈은 탓하고 싶었다. 그에게 인색하기만 했던 과거의 내 마음이 부끄럽고 미안했다. 그리고 예쁜 구석 하나 없던 나를 오랫동안 지켜봐주었던 그의 마음은 지금까지도 내게 힘이 되기에 참 감사하다.

내 인생의 가장 흑역사였던 시절을 오히려 아름답게 기억할 수 있게 해준 사람. 그의 행복을 진심으로 기원한다.

"언니, 그래도 좀 아깝다." 내 이야기를 듣던 후배가 아쉬워한다.

"가지 않은 길에 대한 아쉬움은 다 있는 거야. 가지 않은 길은 꼭 행복하고 지금보다 나을 거라고 생각하니까. 그런데 꼭 그리리란 보장은 없잖아. 그저 좋은 추억이면 충분해."

그렇다. 그저 나라는 존재가 누군가에게 조건 없이 사랑받았다는 기억만으로도 충분하지 아니한가.

어쩌면 타야 할 버스를 놓친 자의 정신승리일지도 모르겠다. 설사 정신승리면 또 어떤가. 삶에서 때로는 (실은 종종) 정신승리가 필요하지 않은가.

다시 만난
준세이

어릴 때 친구를 성인이 돼서 만나본 경험이 있는 사람은 안다. 그저 좋은 추억으로 남으면 좋았겠다는 사람이 있는가 하면, 어릴 때보다 훨씬 멋있어졌다는 느낌이 드는 사람이 있다는 걸. 후자인 경우, 이성이냐 동성이냐에 상관없이 '심쿵'한다. 얼마 전 나는 아주 오랜만에 제대로 심쿵했다. 16년 전, 반했던 한 남자를 우연히 다시 만난 것이다.

이제는 작동이 안 되는 줄 알았던 내 심장을 다시 뛰게 한 사람은 일본 배우 다케노우치 유타카다. 우리나라에서도 2003년에 개봉한 영화 〈냉정과 열정 사이〉의 주인공 '준세이'로 유명한 배우다.

영화 〈냉정과 열정 사이〉는 사랑에 상처를 입고 피렌체에 가서 유화 복원사로 일하던 준세이가 다시 찾아온 사랑을 외면하려다 막판에 다시 사랑을 찾는다는 이야기다. 사실 줄거리만 보면 특별할 것 없는 멜로 영화다. 그러나 평범한 사랑 이야기도 배경이 유럽의 피렌체라면 이야기가 달라진다. 없던 낭만, 로맨스도 생길 만한 곳 아닌가. 게다가 순전히 내 안목의 기준에서 볼 때 영화 속 준세이는 내가 봤던 모든 남자 주인공 중에 제일 핸섬했다. 얼굴뿐만 아니라 전체적인 분위기가 멋졌다.

사랑에 상처받은 남자의 내면을 잘 담아낸 연기도 훌륭했고, 내레이션으로 깔리는 그의 저음 목소리는 잠 잘 때마다 틀어놓고 싶을 정도로 황홀했다. 피렌체 배경과 애를 태우는 러브 라인, 멜로물에 최적화된 남녀 주인공. 낭만적 사랑에 대한 미련을 버리지 못하고 있던 막 서른을 넘긴 여성에게는 이보다 좋을 수 없는 조합이었다.

영화와 남자 주인공에 홀딱 빠져버린 나는 그 영화를 다섯 번이나 보고, OST CD를 질리도록 들었다. 그리고 2011년과 2016년도에 영화가 재개봉했을 때는 개봉 첫날 아침 댓바람부터 혼자 영화관에 달려가곤 했다. 볼 때마다 혹시 다시 보면 실망하거나 시들해지는 것 아닌가 걱정했는데 천만의 말씀. 영화 속 준세이는 마치 어릴 적 첫사랑처럼, 어김없이 나를 2003년도로 데려다주었다. 영화를 볼 때마다 특정한 한 시점으로 소환되어 딱 그때의 느낌을 두고두고 음미할 수 있는 건 얼마나 내밀한 즐거움인지, 그때 처음 알았다.

그리고 작년 말이었다. 친한 후배가 너무 재밌게 본 일본 드라마라면서 건네주었다. 큰 기대 없이 봤는데 최저임금과 여성의 가사 노동 같은 사회 문제와 이슈를 드라마에 잘 녹여낸 수작이었다. 후배와 드라마 이야기를 하면서 일본 드라마 중에는 우리나라에서도 리메이크한 〈마더〉, 〈최고의 이혼〉처럼 사회문화적으로 생각해볼 만한 화두를 던지는 드라마가 꽤 있다는 사실을 알게 되었다.

흥미가 생겨서 이것저것 찾아보다가 이상한 제목이 눈에 띄었다. 〈의붓 엄마와 딸의 블루스〉. 와, 진짜 촌스러운 제목이다 하고 넘기려는데, 평점이 좋았다. 일단 1회를 보고 결정해야겠다 싶어서 재생 버튼을 눌렀다. 드라마가 시작되는 순간, 내 동공이 커지면서 심장박동이 빨라졌다. 세상에! 나의 준세이가 화면에 떡하니 나타난 것이다.

생각지도 못한 상황에서 다시 맞닥뜨린 준세이는 훌쩍 나이

든 모습이었다. 불과 2년 전까지만 해도 〈냉정과 열정 사이〉의 준세이만 봤던 터라, 16년을 뛰어넘은 그의 모습을 보고 몇 초간은 당황했다. 당연하다. 불로초를 먹지 않은 이상 이제 그도 중년이니까. 어릴 때의 풋풋함은 완전히 사라지고, 중년의 아저씨가 된 준세이. 그런데 어쩌면 좋은가. 그는 주름마저 멋있는 꽃중년이었다.

어릴 때 헤어진 남자친구를 어른이 되어서 만난 것처럼 나 혼자 반가워서 "어머, 웬일이니!"를 연발하며 자석에 이끌리듯 화면 가까이 다가갔다. 젊을 때는 유약하고 예민해 보이는 이미지였다면, 중년의 그는 여유롭고 원숙해 보였다. 연기도 노련했거니와 적당한 능글거림과 젠틀함 사이를 세련되게 넘나들었다.

극중 역할도 좋았다. 금속회사에서 일하는 미야모토 료이치를 연기했는데, 시한부 삶을 살면서도 유치하다 싶을 정도로 일상 속의 작은 기적을 중요하게 여기는 인물이다. 병으로 쓰러져 중도에 세상을 떠나지만 아내와 딸을 죽는 순간까지 배려하는 등 담백하면서도 따뜻한 캐릭터였다.

늦은 아홉 시부터 시작된 정주행을 도무지 중간에 끊을 수가 없었다. 드라마도 예상을 훌쩍 뛰어넘을 만큼 재미있었거니와 완숙해진 그의 연기를 보는 게 즐거워서 새벽 세 시가 되어서야 겨우 방에 들어왔다. 뭔가에 홀린 듯한 밤이었다. 어떤 사람에게 마음이 홀린 것같이 쏠리는 게 반하는 거라고 하는데, 그 말대로라면 난 중년이 되어 우연히 다시 만난 준세이에게 두 번째 반한 게 틀림없었다.

남들은 이해하지 못할 일, 평소 내가 안 하던 짓을 미쳐서 하게 만드는 게 덕질의 기본. 이튿날부터 그에 관한 기사와 그가 나온 드라마를 찾기 시작했다. 사실 난 재방송도 잘 안 볼뿐더러, 영화나 드라마를 유료 결제하고 본 적이 거의 없다. 웬만하면 본방사수를 하거나, 꼭 챙겨보고 싶은 프로그램을 놓쳤을 경우에만 재방송을 볼 뿐이고, 영화는 극장에서 보는 게 전부였다. 그런데 불붙은 덕질 덕분에 다운받아 볼 수 있는 사이트에 들어가 회원가입도 하고, 월정액권도 끊었다.

매력적이고 능글맞은 이혼남이자 변호사로 나오는 〈굿 파트너 무적의 변호사〉에서부터 기억을 잃은 아내를 돌보는 순정파 남편 역할로 분한 〈한 번 더 너에게 프로포즈〉, 형사부 참사관으로 열연한 심리 수사극 〈보스〉 시리즈까지. 그가 나온 드라마를 샅샅이 뒤져서 보고 있는 중이다. 검색해보니, 그는 배우 최지우, 신현준과 함께 〈윤무곡〉이라는 드라마를 찍기도 했건만, 나는 왜 그동안 찾아볼 생각을 못 했던 걸까. 덕분에 늦게 배운 도둑질이 무섭다는 걸 몸소 실감하는 중이다.

한 가지 아쉬운 게 있다면, 그가 톰 크루즈나 현빈 같은 누구나 다 아는 스타가 아니다 보니 함께 열광할 사람이 없다는 점. 그래서 좀 고독하지만, 나만 알고 싶은 스타인 걸로 위로한다.

이번에 알게 된 사실 하나, 그의 나이가 내 또래다. 그를 이번 생애에서 실제로 만날 일은 전혀 없을 텐데, 멋있게 나이든 그의 모습을 보니 왠지 나도 이렇게 퍼져 있으면 안 될 것만 같은 생각이 들었다. 그래서 나의 다이어트 성공을 위해 그의 사진을 컬러로 프린트했다. 10대 때 친구들이 장국영이나 주윤발, 레이프 개릿 사진을 코팅해 다닐 때에도 귀찮아서 그런 짓은 안 하던 내가 그의 사진을 화장대 옆에 붙여놓았다.

대학교 때 부전공을 했다가 졸업 이후로 손을 놓았던 일본어도 공부하기 시작했다. 물론 각 잡고 공부하는 건 아니고, 드라마를 보다 궁금한 표현이 나오면 책장 구석에 박혀 있던 일어사전을 뒤적거리고 메모해두는 정도다. 자막이 나오기 때문에 굳이 그럴 이유는 없지만, 그가 하는 대사를 직통으로 알아듣고 싶다는 마음에서다. 애정이 가서 그런지 가물가물했던 일본어가 쏙쏙 들어온다. 불과 얼마 전까지 뒤돌아서면 잊어버리곤 했던 머리는 누구의 머리였는지 모르겠다. 애정은 기억 세포까지 재생시키는 모양이다.

한류 열풍에 외국인들의 한국어 실력이 늘었다는 이야기를 무심하게 들었는데, 내가 그 주인공이 될 줄이야. 동기야 어찌 되었건 대학생 때 꽤나 열심히 공부했던 일본어를 다시 시작한 지금, 예전에는 전혀 맛보지 못한 재미를 찾았다. 신세계다.

매일 밤 열 시. 다케노우치 유타카가 나오는 드라마를 보는 시간은 나만의 힐링 타임이다. 돈 들고, 시간 빼앗기고, 잠 못 자고, 그렇다고 나한테 돈이 나오는 것도 떡이 나오는 것도 아니지만 더 중요한 것, 활력과 즐거움을 얻는다. 그가 멈추어버렸던 것들을 다시 움직이게 하는 마법을 부리고 있는 셈이다.

〈냉정과 열정 사이〉의 준세이는 이제 더 이상 나를 2003년으로 데려다주진 않는다. 대신 다케노우치 유타카는 2019년을 살아가는 나의 '지금'에 생기를 불어넣어 준다. 그다지 좋은 것도 싫은 것도 없이 무덤덤해진 마음에 찾아온 작은 기적이다. 어느 날 갑자기 나에게 와서 일상의 소소한 즐거움을 복원해준 배우, 다케노우치 유타카. 다시 나 혼자만의 다케노우치 유타카 신드롬이 시작된 지금, 잠자리에 들 때마다 생각한다. 바라보면 반짝 하고 빛나는 별 하나쯤 마음속에 간직하고 있는 건, 사소하게 행복한 일이라고.

남편이 있었으면
좋겠다는 말을
오해하는 사람들

날이 쌀쌀하다. 이맘때쯤, 겨울용 신발을 사곤 한다. 신발에 그다지 관심이 없어서 구두든 운동화든 두 개를 넘지 않는 편인데 겨울용 신발은 다르다. 발이 시린 것을 못 참기도 하거니와, 12월이 되면 사실 마음이 좀 스산해진다. 그래서 방한용 신발을 사는 것은 내 나름의 월동 준비인 동시에 겨울을 맞는 의식이기도 하다.

날씨 탓인지 모르겠지만, 연말연시에 남자친구나 애인 없이 보내는 것은 어쩐지 좀 쓸쓸하다. 그런 이야기를 누군가에게 하소연하면 으레 듣는 말이 있다.

"누군가가 있다고 해서 다 낭만적인 건 아니야."

결혼과 가족은 사람의 인생에서 매우 중요하고 소중한 것이
다. 그래서 사람들은 때만 되면 '가족'이나 '커플'의 천국에 휩
싸이기도 한다. 그러면서 싱글인 내가 어쩌다 친한 친구에게
"나도 그걸 원해."라고 말하면 그 순간 '그 나이에 아직도 그런
걸 바라는' 덜 자란 사람 취급을 받기 일쑤다.

"혼자 산다는 건 어렵다. 오해받기도 쉽다. 외롭고도 도도하게 살지
않으면 모욕을 당한다. 그러다 또한 어딘지 조금 애처로운 데가 없으
면 얄밉게 보인다. 그러나 너무 애처로운 티를 내면 색기가 있다는
말을 듣는다. 그 균형이 어렵다."

다나베 세이코, 『서른 넘어 함박눈』 중에서

나도 그동안 독립적이라는 말을 많이 들었다. 싱글인 나를
안쓰럽게 여기는 시선은 보너스였다. 그러다 내가 살짝 연애를
아쉬워하는 기색을 보이면, 이 나이가 되도록 남자를 포기하지
못한 여자가 되고 만다. 먹이를 구하는 하이에나처럼 기회가
오기만 기다린 건 아니었어도 사랑을 갈망했던 건 부인할 수
없다. 그래서 그런 순간을 맞닥뜨리면 조금 혼란스럽다.

한심하고 주책없는 여자로 보이기 싫어서 싱글로 잘 살고 있

는 모습을 보이려 노력하기도 했다. 작지만 내 소유의 원룸을 갖고 있고, 내 일을 하고 있고, 프리랜서로 자유롭게 시간을 사용하고, 여행용 적금을 들었다가 때 되면 놀러가고. 하지만 그렇다고 365일 그렇게 살 수는 없는 노릇이었다. 그랬다가 듣게 되는 말도 뻔했다.

"그렇게 혼자 잘 살고 있으니 어떤 남자가 다가오겠니?"

그렇다고 해서 다른 사람에게 전시하는 삶을 살았던 것만은 결코 아니다. 실제로 나는 대체로 혼자 잘 지냈기 때문에. 누구나 그렇듯 나도 '내가 행복한가?'라는 생각조차 하지 못한 채 지내는 게 대부분이다. 난 그저 내 삶을 살고 있을 뿐이다.

라디오 작가로서 원고 마감을 지키고, 간간이 아르바이트를 했다. 집 청소도 하고, 엄마와 산책을 하거나 병원에 다녀왔다. 출장도 갔고, 시장을 보거나 반찬을 만들었다. 때때로 친구를 만나 수다를 떨기도 했고, 요가를 하거나 혼자 서점에 가서 책을 보는 등 다른 사람들과 똑같은 일상을 살았다.

하지만 좀 특이한 날도 있기 마련이다. 예를 들면, 문득 내가 혼자라는 사실이 뼛속까지 파고들어서 영원히 혼자 잘 살 수 있을까 하는 생각에 잠길 때. 내가 선택하지 않았으나 나에게 와버린 혼자의 삶이 유독 시릴 때가 있다. 그렇다고 해서 내가 특별한 것을 원하는 건 아니었다.

그저 금요일 밤 좋아하는 프로그램을 맥주 한 잔씩 마시며 함께 볼 사람. 영화나 책에 대한 이야기를 두런두런 나눌 사람. 내가 무언가를 선택하거나 결정해야 할 때 최종 결정은 내가 하더라도 그 일에 대해 의논할 수 있는 사람. 그런 존재를 원했을 뿐이다.

또 너무 지쳐서 손가락 하나만이라도 어딘가에 기댈 곳이 있었으면 좋겠다는 마음이 드는 날에는 친구도 일도 필요 없고 남편이 있었으면 좋겠다는 생각이 들 때도 있다.

서로 소 닭 보듯 시큰둥한 만남을 뒤로하고 집으로 오는 길이나, 호감이 있는 사람과 아쉽게 관계가 끝나버린 때에는 영원히 끝나지 않은 도돌이표 연주에 갇힌 느낌이 들기도 한다. 그런데도 누군가에게 털어놓은 적이 별로 없다. 없어 보일까 봐 참았다. 짝을 원하는 마음은 당연한데도 말이다. 그럴 때마다 도대체 어디서부터 잘못된 것인지 몰라서 당황스러웠다.

그러던 중 『그들이 그렇게 연애하는 까닭』이라는 책에서 이런 문장을 만났다.

"삶을 공유할 누군가를 필요로 하는 것은 우리의 유전자 구성이 그런 것일 뿐, 우리가 스스로를 사랑하는 정도나 자기 자신에 대한 만족도와는 아무 관련이 없다."

마침 이 문장을 만난 건 얼마나 다행인지. 내 일이나 친구, 책, 여행으로 충족되지 않는 무언가를 필요로 한다는 것이 당연한 것이라는 사실만으로도 위로가 된다.

요즘은 시대가 변해서 주체적인 삶과 개인의 자유를 중요하게 여기니, 누군가를 필요로 한다는 것이 왠지 의존적이거나 덜 성숙한 사람으로 오해받기 십상이다. 특히 내 나이에 외롭다는 감정이나 누군가가 있었으면 좋겠다는 바람을 이야기한다는 것은 더 조심스럽다. 그래서 그런 필요를 느낄 때마다 자책하기도 한다.

물론 정서적인 유대감을 이성하고만 나누라는 법은 없다. 문제는 우리 사회가 보통 커플과 가족을 중심으로 구성되어 있다는 점이다. 그래서 정해진 구조에 들어가지 못하면 스스로 만들어야 하는데 그게 어디 쉬운 일인가. 그나마 요즘에는 비혼자들이 많아지면서 공동체를 이뤄 살거나 함께 일상을 향유하는 커뮤니티가 생겨나고 있긴 하지만, 옛날 사람인 나에게는 아직 그런 문화가 낯설다.

그렇다 하더라도 나는 함께할 누군가가 있든 없든 현재 내게 주어진 삶을 받아들이고 최선을 다해 살아낼 것이다. 물론 마음먹은 대로 되지 않아서 외로움과 우울함, 좌절감에 공격당해 의기소침해질 때가 있을지도 모르겠다.

다행히 이런 때 쓸 수 있는 나이가 준 선물이 있다. 결국 모든 게 괜찮아진다는 여유다. 생일이나 연말연시에 느끼는 감정들은 나에게 고통이나 외로움을 이해할 수 있게 해주었고, 그것은 어떤 형태로든 내 삶에 도움이 되었으며, 앞으로도 그럴 것이라고 믿는다.

기혼이든 비혼이든 사람은 외로움을 느낀다. 혼자라는 사실이 두려운 것은 누구나 마찬가지다. 그래서 외로움을 덮기 위해 자신의 가치를 모르는 사람과 불행한 관계를 맺기도 한다. 그들도 그 나름의 이유가 있을 테지만, 난 그렇게 하지는 않을 것이다.

지난주에 주문한 겨울용 스니커즈가 어제 도착했다. 신발 안쪽에 보송보송한 털이 달린 스니커즈를 보고 있자니 괜스레 즐겁고 든든하다. 비혼 여성으로 살아간다는 것은 쉬운 일만은 아니다. 특히나 마음이 움츠러들어 균형 잡기가 어려워지는 겨울에는 더욱 특별한 신발이 필요하다. 한 걸음 한 걸음이 재밌으면서도, 넘어지지 않으려면 말이다.

아무나
사귀고 싶진
않다

나는 처음부터 "비혼으로 살 거야!"라고 결심한 사람이 아니다. 아마 대부분의 비혼인이 그럴 것이다. 반드시 결혼을 해야겠다는 강박이 없었고 내 삶에 대한 회의나 고민이 깊어지면서 시간을 흘려보내며 나이를 먹었고 이성을 만날 기회가 점점 줄어들었다. 그러다 보니 비혼으로 살게 되었고, 마흔을 넘기면서부터는 계속 혼자 사는 삶에 대한 미래를 늘 고민하기 시작했다. 독거노인이 죽은 채로 방치되다 며칠이나 지난 후에 발견되었다는 뉴스를 들을 때마다 예사로 들리지 않았다. 나도 그렇게 늙어 쓸쓸히 죽게 될까 봐. 지금은 그런 단계는 넘어섰지만, 한때는 급한 마음에 '아무나' 만나봐야겠다고 생각할 때도 있었다.

여기서 '아무나'란 상대를 비하하는 의미의 아무나가 아니다. 주변에서 혼자 나이 들어가는 나를 걱정하며 "아무나 좀 만나 봐"라는 충고에 곁들인 '아무나'이며, 그래서 그동안의 내 기준을 싹 버리고 폭넓게 만나보겠다고 생각한 범위를 뜻한다.

마흔 중반까지만 해도 나를 걱정해주는 주변 사람들 중에 씨가 마른 노총각들을 털어서 소개해주는 경우가 있곤 했다.

재작년쯤, 옛날 직장 동료가 소개팅을 주선했다. 그쪽에도 내 연락처를 주었으니 곧 연락이 갈 거라고 했는데 3주가 지나도 감감무소식이었다. 주선자가 밀어붙이니 일단 만나보겠다고는 했으나 별로 흥미를 느끼지 못해서 뭉그적거리다가 주선자가 등을 떠밀자 마지못해 연락을 한 눈치였다.

그 사람의 나이와 이름, 전화번호만 알고 나간 자리. 결혼을 하려면 아주 중요한 한 가지만 붙잡고 나머지는 포기하라는 주변의 조언을 열심히 떠올렸다. 고민하다가 내가 가장 중요하게 여긴 건 성품과 성실함이었고 그 부분에 집중해보려고 노력했다. 그러다 내가 보지 못한 장점과 매력이 반짝이는 순간이 있을지도 모르니까.

그런데 만나서 자리를 옮기려고 그의 차에 타는 순간부터 집

중력은 흔들리기 시작했다. 시동을 걸자마자 귀가 찢어질 듯 울려 퍼지던 뽕짝 음악 때문이었다. 개인의 취향은 존중하나 쉴 새 없이 쿵짝거리는 리듬에 머리가 지끈거리기 시작했다. 그 순간 깨달았다. 성품과 성실함만 보겠다고 했는데, 그럴 수가 없구나.

둘째, 쉼표 없는 수다는 참는다 쳐도 끊임없는 동료 험담과 영업사원으로서 자신이 이룬 실적에 대한 허세는 많은 참을성을 필요로 했다. 폭포처럼 쏟아지는 그의 말을 집중해서 듣다가 어느 순간엔가 딴생각에 빠져서, 나중에는 '여긴 어디인가, 나는 누구인가' 하는 지경까지 갔다.

자꾸 어디론가 도망가는 정신 줄을 제자리로 붙잡아오기를 몇 차례. 그러다 정신을 번쩍 들게 한 건, 그의 솔직함이었다. 그는 젊은 여성에 대한 로망이 있었다. 그래서 내 나이가 자기보다 겨우 '한 살' 어린 게 마뜩잖다고 했다. 그에게 나도 '아무나 좀 만나보라' 해서 만난 '아무나'였던 셈이다.

주선자를 생각해서 최대한 예의를 갖춰 시간을 보내고 들어오는 길, 이유 모를 웃음이 나왔다. 그래도 몇 번은 만나보면서 장점을 찾아보겠다고 용을 써봤지만, 결국 실패하고 말았던 것이다. 노력하면 할수록 자괴감이 깊어졌고, 상대에게나 나에게나 못할 짓 같았다. 독거노인이 되는 게 싫다고 해도 이건 아니라는 걸 뼈저리게 '또' 실감하며 씁쓸하게 만남을 마무리했다. 더 한숨이 나온 것은 앞으로 이런 만남이 더 많아질 가능성이 높다는 사실이었다.

물론 그는 나와 맞지 않았을 뿐, 누군가에겐 '특별한' 사람이 될 것이다. 그리고 나도 누군가에게 전혀 끌리지 않는 '아무나'가 된 적이 분명 많았을 것이다.

소개팅을 마무리하고 나니, 이성에게든 동성에게든 '아무나'가 되지 않으려면 어떻게 해야 하는지 고민이 깊어졌다. 그리고 적어도 '아무나'는 되지 말자는 기준이 생겼다.

자신의 이익이나 유리함만을 따지는 이기적인 사람, 남의 말을 듣지 않고 자기 말만 하는 사람, 인색한 사람, 취향이 너무 구식인 사람, 성장에는 관심 없고 과거만 추억하는 사람, 남들 다 아는 걸 정답으로 정해놓고 훈계하는 사람, 유머 감각 없는 사람.

결국 나는 나와 비슷한 가치관을 가진 비슷한 결의 사람들과 만나 어울리고 싶다. 아무리 마음 비우고 나갔다 해도 전혀 나와 맞지 않는 사람을 만나고 돌아오면 넉다운이 된다. 이제는 이성이든 동성이든 알고 지내던 사람이든 새로운 사람이든 '아무나'와 만나는 것이 피곤해진다.

"나이를 먹으면 개성이 더 강해진다. 시간도 돈도 체력도 줄어들어 하고 싶은 일과 해야 할 일에 집중하기 때문이다."

시모주 아키코, 『가족이라는 병』 중에서

나이가 들면서 일뿐만 아니라 관계도 그렇게 된다. 경험으로 데이터가 쌓이는 데다가 체력과 시간, 돈, 정신력이 줄어들면 선택과 집중을 하게 되기 때문이다.

문득 지금 내 곁에 있는 사람들이 고맙다. 함께하며 좋은 날도 나쁜 날도 있었지만, 서로가 서로를 견디고 맞추면서 이제는 비슷한 결을 갖게 된 사람들이어서. 앞으로도 내가 손 내밀면 언제든 닿을 수 있는 곳에 늘 그들이 있을 거라는 믿음, 그들이 있어서 설사 독거노인이 된다고 해도 괜찮으리라는 믿음에 어쩐지 안심이 된다.

어떤 날은 혼자여도
잘 살 수 있을 것
같고

작년에 나는 대형 마트 계산원을 뽑는 일에 지원했다. 지금 하고 있는 방송작가 수입만으로는 최저생활비 수준에도 못 미치기 때문에 매달 나가는 생활비와 각종 보험료, 대출금 등을 갚으려면 다른 일을 해야만 했다. 당시는 개편 때도 아니었고, 개편 때라 하더라도 내가 수입 면에서 더 안정적인 프로그램을 맡으리라는 보장도 없었으니 더 그랬다.

이곳저곳 알아보다가 대형마트에서 계산원과 판매사원을 모집한다는 광고를 보고 지원한 참이었다. 다행히 연락이 와서 면접을 보러 갔다. 면접장에 있는 사람들 중 남자는 거의 20대 중반의 청년들이었고, 여자는 나와 비슷한 또래의 중년 여성들이었다. 어색한 공기가 흐르는 대기실에서 다들 휴대폰만 바라보다가 순서가 되면 여섯 명씩 들어가서 단체면접을 보았다. "왜 지원했냐?", "이 회사를 지원한 이유는 무엇이냐?" 등 진지한 문답이 오고갔다. 그러다 문득 한 면접관이 물었다.

"저희는 식음료 관계된 곳이어서 보건증이 있어야 한다는 건 아시죠? 지금 보건증 갖고 계신 분?"

나만 빼고 모두 손을 번쩍 들었다. 직감적으로 알았다. 난 떨어졌구나.

몇 년 전에 도넛 매장에서 일할 때에는 합격하고 보건증을 냈던 터라, 그때 생각만 하고 미리 준비하지 못한 내 불찰이었다. 면접을 보고 나오면서 나의 오만함에 부끄러워졌다. 나는 저들처럼 절박하지 않았던 것이다. 결과는 당연히 낙방.

그 후로 프랜차이즈 커피숍, 협동조합 활동가 등 여러 군데 원서를 냈지만 면접조차 가지 못한 채 미끄러졌다. 내 길이 아니니까 안 된 것뿐이라고 스스로를 다독거리다가도, 왜 이리 되는 게 없나 싶어 힘이 빠지기도 했다.

어떤 날은 혼자여도 잘 살 수 있을 것 같고, 어떤 날은 혼자여서 사는 게 두렵다. 어떤 날은 아직 늦지 않았다는 희망을 품고 어떤 날은 너무 늦어서 모든 게 부질없다고 여겨진다. 어떤 날은 세상이 호의로 가득 차 보이고 어떤 날은 세상이 무섭도록 불친절하다. 어떤 날은 사람 덕분에 행복하고 어떤 날은 사람 하나 때문에 상처받는다. 생각해보면 세상도 사람도 나도 그대로인데 변덕스러운 내 마음만 분주히 흑과 백을 오가는 것이었다.

삶이 무거워 마음이 어두워진 날에는 문득 서러움이 올라온다. 가끔 감기처럼 들고 나는 감정이기는 하지만, 내 나름대로 열심히 살고 있는 것 같은데 뭐 하나 제대로 해놓은 게 없는 것 같은 날에는 구멍 뚫린 타이어처럼 기운이 쑥 빠져버린다. 특히 내가 왜 살아야 하는지 존재의 이유를 잃어버릴 땐 더 그렇다. 기분 전환이라도 할까 싶어서 휴대폰을 뒤졌다. 그 많은 이름 중에서 선뜻 통화 버튼을 누를 사람이 없었다. 안부를 묻는 척 몇몇 친구들에게 카톡을 보냈다. 10분이 지나도 아무런 답이 없었다. 갑자기 이 세상에 나 혼자 덩그러니 남은 느낌이었다.

"나 요즘 힘들어. 돈 걱정 안 하고 살 수 있었으면 좋겠어."

그렇게 말하면 돌아오는 대답이 있다.

"그래도 넌 작가라는 직업이 있잖아. 혼자서도 충분히 먹고 살 만한 기술이 있는 거니까 좀 나은 거야."

그런가? 하지만 그때는 후회와 자기반성을 하던 차였다. 난 나이가 많아서 방송작가로 자리를 잡지 못했다고 핑계를 댔지만, 만약 내 실력이 탁월했다면 나이와 상관없이 피디들이 찾지 않았을까. 성격이라도 수더분했다면 그 생태계에 좀 더 잘 적응하지 않았을까. 게다가 글 쓰는 재주를 갖고 있다고 생각해본 적이 한 번도 없어서 썩 동의가 되는 것도 아니었다. 하지만 어떻든 그 일로 생계를 꾸리며 지금까지 하고 있으니 반박불가다. 지인의 말처럼 기술이 있는 것이라고 스스로를 위로하며 버텨본다. 솔직히 말해서 나보다 못한 형편에 있는 사람들은 훨씬 더 많으니까. 그런데도 허전함은 가시지 않았다. 이럴때 할 수 있는 응급처치는 둘 중에 하나다. 책을 읽거나 걷거나.

집 근처 공원으로 향했다. 유령처럼 걷다가 다리가 아파 벤치에 앉았다. 가만히 마른 나무를 보고 있자니, 3년 전쯤 취재차 만났던 숲 해설가의 말이 생각났다.

"전 나무한테서 무심함을 배워요. 누가 자기 열매를 따 먹어도, 새들이 왔다 떠나도, 옆에서 화려하게 꽃을 피건 열매를 맺건, 내 잎이 떨어지건 나무는 무심해요. 그저 묵묵하게 순리에 따라 존재할 뿐이지요. 그러면서 때 되면 무심하게 잎을 피우고 열매를 맺고 그늘을 만들고 다른 존재를 위해 기꺼이 자신을 내주죠. 저도 나무처럼 무심하게 살려고 해요."

무심하게. 그 말이 참 좋았다. 그때는 나도 그렇게 살고 싶었는데 나무는커녕 여전히 바늘처럼 살고 있다. 뚝뚝 흐르는 외로움을 닦아내다 나무의 무심함이 문득 생각나는 날. 어느 글에선가 보았던 '나무도 바람을 빌려 스스로 몸을 흔든다'는 구절이 떠올랐다. 나무는 죽은 것들을 버리고 더 잘 서 있기 위해 스스로 제 몸을 흔든다고 했던가. 그 또한 치열한 몸부림이다.

문득 산에 오르고 싶어졌다. 평소에 등산이라면 질색하는데, 낮은 산도 아니고 대학교 졸업여행 때 있는 힘 없는 힘을 다해서 올랐던 한라산에 다시 한번 오르고 싶어졌다. 산을 오르며 만나는 나무들에서 치열함을 거친 무심함을 배워오고 싶다. 잎을 다 떨궈낸 겨울나무를 보며 변덕이나 우울함, 외로움, 좌절 같은 것들을 흔들어서 버리고 오고 싶었다. 그러면 왠지 이 땅을 딛고 서 있는 내 다리에 좀 더 단단한 힘이 생길 것 같았다.

빵과 스프, 고양이와
함께하기
좋은 날

　지난겨울, 사진처럼 선명하게 기억날 정도로 마음이 어둑어
둑해진 저녁이었다. 그때의 나에게 은은한 등잔불 하나 탁 켜
준 것 같은 영화가 〈카모메 식당〉이었다.

　그 후속편 같은 느낌의 드라마가 바로 〈빵과 스프, 고양이와
함께하기 좋은 날〉이다. 〈카모메 식당〉의 드라마판이랄까. 출
연진도 거의 비슷하다. 한 후배에게 드라마 추천을 받고 돌아
온 그날, 집에 오자마자 네 편을 모두 찾아보았는데 그 드라마
에 반해서 혼자 교토 여행을 다녀오기도 했다.

　사실 별로 특별한 이야기는 아니다. 갑작스레 세상을 떠난

어머니의 가게 자리에 샌드위치 전문점을 열며 인생의 2막을 시작하는 이야기다. 드라마의 흐름은 시종일관 여유롭고 담담한데 보는 이를 격려하는 내공은 부드러우면서도 힘차다.

주인공 아키코는 갑작스레 모친상을 당하고, 편집자로 자긍심을 가지고 일하던 직장에서마저 일반 사무직으로 옮기도록 종용당한다. 하지만 그녀는 자기가 당한 일을 큰 불행으로 받아들이거나 억울해하지 않는다. 그저 차분하게 자신의 삶을 생각할 뿐이다. 어머니가 40년 이상 운영하던 가게를 어떻게 할까 고민하던 그는 회사를 그만두고 그 자리에 샌드위치 가게를 꾸린다.

조금씩 손님이 들어서자 물 들어올 때 노 저어야 한다며 좀 더 열심히 살라는 주변의 조언에도 아키코는 욕심 부리지 않는다. 그저 좋은 재료로 샌드위치와 스프를 내며 정성껏 손님을 대접할 뿐. 개업을 하고 어느 정도 시간이 지났을 때, 한 이웃 손님은 이런 중간 평가를 한다.

"아키코의 가게에 오는 사람들은 모두 행복한 표정을 짓고 있다."

그녀의 샌드위치 가게는 평범한 것들을 특별하게 느끼도록 만들어준다. 그리고 물 흐르듯 순리대로 살며 욕심과 조바심 없이 그저 따뜻한 밥을 해 먹으면서 좋은 사람들과 도란도란 살고 싶다는 작고 소박한 소망을 갖게 해준다.

그래서 일상의 소리도 특별하게 귀에 들어온다. 드라마에 나오는 소리들 하나하나가 좋다. 가끔씩 나오는 고양이의 울음소리, 칼질 소리, 드르륵 가게 문 여는 소리, 음식 만드는 소리 등 모든 소리가 음악만큼 감미롭다.

어쩌면 우리는 음악만큼 감미로운 아름다운 일상의 소리들을 너무 아무렇지 않게 흘려버리며 살고 있는 건 아닐까. 가만히 귀 기울여 들으면 마음을 다독이는 음악이 되는데도 말이다. 찬찬히 삶을 이해하고, 올곧게 평범한 삶을 살아가는 아키코는 그렇게 자신만의 가게를 만들어간다.

만약 이 드라마를 우리나라에서 만들었다면 어땠을까. 30대 혹은 40대 싱글 여성을 주인공으로 해서 노처녀의 좌충우돌 제2의 인생 도전기로 시작했다가 왕자님을 만난 연애기로 막을 내렸을 것 같다. 이 드라마는 그런 뻔한 공식을 완전히 벗어난다. 주인공을 비롯해서 누구 하나 징징거리지 않고, '이렇게 살아야 한다'거나 '삶을 이러이러해야 한다'는 식으로 원하지 않는 조언을 하는 사람도 없다. 이웃의 어느 누구도 비혼인 아키코에게 결혼 이야기를 꺼내지 않는다. 스물아홉 살에 아르바이트를 전전하며 자신의 길을 찾고 있는 알바생에게도 그렇게 살아서 어떻게 하려고 하느냐며 꼰대짓을 하는 어른도 없다.

갑작스러운 어머니의 죽음, 직장에서의 좌절, 새로운 진로에 대한 고민과 두려움, 풀어야 하는 관계에 대한 부담 등, 삶의 매듭을 담담하게 받아들이고 하나씩 고요하게 풀어나가는 이 드라마의 백미는 마지막 내레이션이다.

"어머니가 돌아가시고 예상도 못 했던 가게를 시작하고, 시간은 어느새 물 흐르는 듯이 흘러가버렸습니다. 그러는 동안 새로운 만남도, 조금은 쓸쓸했던 헤어짐도 있었습니다. 오래전 몇 번이나 이 마을에서 벗어나려 했던 때가 있습니다. 태어난 후 줄곧 집에만 머물렀던 자신이 답답하고 화가 나서 풀 죽어 있던 적도 있었습니다. 그런데 어머니가 갑작스레 세상을 떠나시며 깨달은 것이 있습니다. 지금까지의 나는 내 스스로가 부자유스럽게 만들고 있었다는 것, 저는 너무 진지하려고만 했습니다. 그래서 저는 이제부터 조금 불량해지렵니다. 내가 먼저 자유로워져야 다른 이들과의 시간이 비로소 시작된다는 것을 깨달았습니다."

징징거리지 않고, 억울해하지 않고 자신에게 닥친 일들을 차분하게 받아들이는 모습은 좋은 여성 어른의 본보기였다. 젊음을 제대로 낭비해보지도 못하고 모범생처럼 열심히만 살아온 나로서는 좀 더 불량해지고 싶다는 용기가 생기기도 했다. 불량해진다는 건 지금까지 내가 고집해온, 그리고 사회가 요구해온 가치의 틀을 깨트리고 나만의 속도로 내가 가보고 싶었던 방향을 향해 걸음을 내딛는 것이 아닐까.

처음부터 끝까지 매우 정적인 이 드라마는 재미가 없는데도 재미있다. 구구절절한 대사가 별로 없는데도 분명하게 들리는 이야기가 있다. 삶에 대한 뜨거운 열정이나 욕심, 집착 같은 것은 없는데 삶을 소중하게 여기게 해준다. 이웃끼리도 간섭은 하지 않지만 늘 따뜻하게 서로를 잘 챙긴다. 독립적이면서도 서로가 서로를 돕고 보살피는 연대가 있다. 그것은 내가 나에 대해서, 그리고 우리에 대해서 추구하는 모습이고 미래였다.

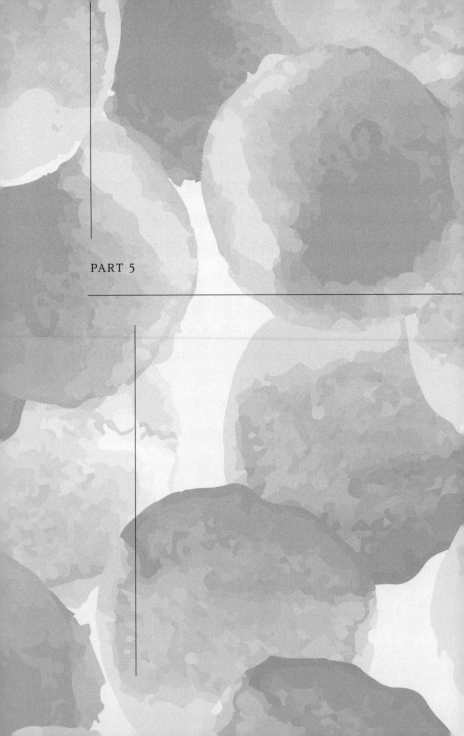

PART 5

남은 삶을
근사하게 ──────────── 만드는
방법

쓸모없는 일의
근사한
쓸모

회사에서 친하게 지내는 동료가 요즘 스페인어를 배운다고
했다. 처음에는 그런가 보다 했는데, 일 년 넘게 꾸준히 다니는
것을 보고 문득 궁금해졌다.

"스페인 여행 가려고 그렇게 열심히 배우는 거야?"

"아뇨."

여행을 위해서도 아니고 일 때문에 배우는 것도 아니라고 하
니 스페인어를 배우는 이유가 더 궁금해졌다.

"알았다. 학원에 좋아하는 사람 있지?"

내 넘겨짚음에 동료는 눈을 동그랗게 뜨고 "아아뇨?"라고

부인했다. 없는 시간을 쪼개서 오랜 시간 열심일 때 분명 목적
이 있는 게 보통이어서, 그녀의 대답에 갸우뚱했다.

"그럼 스페인어를 왜 그리 열심히 배워?"

그의 대답은 의외로 싱거웠다.

"그냥 재밌어서요."

그냥 재밌어서 배운다는 답을 듣고도 뭔가 석연치가 않았다.
사용할 곳도 없는데 일 년 동안 어학 학원을 다닌다는 게 왠지
경제적이지 않은 것 같았다. 그래서 내가 이해할 수 있는 선에
서 억지로 끼워 맞춰 말했다.

"그래. 뭐든 배워두면 언젠가 쓸 일이 있겠지. 다 쓸모가 있
더라고."

그 말을 듣던 동료가 웃으면서 반문했다.

"꼭 쓸데가 있어야만 배우나요?"

말문이 턱 막혔다. 생각해보니 그 말이 맞았다. 아무 목적 없
이 '그냥' 배울 수도 있는 것인데, '언어'는 어딘가 쓸데가 있어
야만 배우는 거라고 생각하는 이 사고의 가난함이라니… 따끔
하게 허를 찔렸다.

어느 날은 친한 언니의 집에 놀러간 적이 있다. 집에 들어서
는데, 언니의 낡은 노트북이 눈에 띄었다. 자판이 보이지 않을
정도로 닳아버린 늙은 기계는 윙 하며 거친 숨을 몰아쉬고 있

었다.

"언니, 이거 고물상에서도 안 받겠다. 얘도 힘들겠네. 이제 그만 보내줘."

내가 한마디 하자, 언니는 멀쩡한데 새로 살 이유가 없다면서 고개를 절레절레 흔든다. 옆에서 '옳거니!' 하는 표정으로 듣고 있던 형부에게 말했다.

"언니 없을 때 치우고 새로 하나 사드리세요."

그 말이 떨어지기가 무섭게 형부의 하소연이 쏟아졌다.

"말도 마, 그동안 들어간 수리비만 해도 얼만지 몰라. 자꾸 고장이 나니까 돈이 더 드는 것 같아서 그러느니 하나 사라고 했지. 그런데 자기 손에 길이 들어서 저게 편하고 좋다는 거야. 아무리 잔소리를 해도 꿈쩍 안 해서 이제 포기했어."

게다가 형부가 '당신 없을 때 몰래 갖다버릴 거다'라고 농담 섞인 협박을 했더니 그날부터는 아예 외출할 때마다 갖고 나간단다. 나는 그 이야기에 박장대소하며 언니의 낡은 노트북을 다시 들여다봤다.

예쁜 디자인에 새로운 기능이 가득한 노트북이 앞다퉈 나오는 요즘 세상에 언니도 참 별나다 싶었다. 평소 언니에게서 물건에 집착하는 면모를 본 적이 없었기에 더 그랬다.

하지만 돈이 더 든다는 형부의 구박에도 손에 익어서 마음까

지 편하다는, 따지고 보면 마음 편한 게 더 경제적인 거 아니냐
는 언니의 말이 귀에서 맴돌았다. 별난 취향을 곱씹고 있자니
쓸데는 없어도 재밌어서 스페인어를 배운다는 동료의 말이 떠
올랐다.

'재밌어서… 마음이 편하니까…'

이토록 싱거운 말에서 어쩐지 편안함이 느껴졌다. 돈을 내고
배우는 것이라면 어딘가에 써먹어야 경제적이고, 낡은 것을 수
선하느니 새것을 사는 것이 훨씬 이득일 수 있다. 하지만 세상
모든 일이 '경제성'을 기준으로 돌아간다면 어쩐지 숨이 막힐
것 같다.

살다 보면 우리는 수많은 선택 앞에 서게 된다. 그때마다 그
선택이 나에게 이득이 될지 손해가 될지만을 따져서, 어딘가에
써먹을 수 있고 득이 되는 쪽으로만 결정하는 것만이 경제적인
삶은 아닐 것이다. 경제성이라는 것이 단순히 물질적인 이익만
을 뜻하는 건 아니니까.

어쩌면 동료는 앞으로도 스페인어를 쓸 일이 없을지도 모른
다. 돈 먹는 언니의 노트북은 얼마 못 가 영원히 폐기 처분이
될 수도 있다. 그렇다 해도 나는 경제성이라는 논리를 벗어난
그들의 선택이 근사해 보인다.

요즘 집 앞에 있는 나무들의 잎들이 싹을 내고 있다. 이미 꽃

망울을 피워낸 성미 급한 녀석들도 보인다. 경제적인 삶을 따지는 인간 앞에서 나무와 꽃은 유유자적 여유롭게 제 할 일을 하고 있었다. 고작 나무에만 매달려 있다가 길어야 일주일, 혹은 보름 만에 곧 떨어지는데도 말이다.

뜨거운 커피,
우연히 고른 좋은 책,
따뜻한 악수

"내가 좋아하는 것: 뜨거운 커피, 강남 교보문고 가서 어슬렁 거리기, 우연히 고른 좋은 책, 유머, 따뜻한 악수 혹은 허그."

싸이월드가 유행하던 시절, 내 소개란에 썼던 말이다. 그 후로도 내 소개를 할 때, 이 목록은 크게 변하지 않았다. 물론 몇 가지가 들고 나긴 했지만 한 번도 빠지지 않은 것이 바로 커피다. 커피는 복잡한 생각을 멈추고 싶을 때, 위안받고 싶을 때, 외롭지 않은 혼자이고 싶을 때, 사소한 즐거움이 고플 때 언제나 가장 좋은 파트너가 되어주곤 한다.

작년 가을이었다. 주말도 없이 일하고 평일에도 야근을 거듭하는 강행군으로 몸도 마음도 곯아 있던 그때, 몇 개월 만에 딱 하루 휴가가 주어졌다. 금쪽같은 하루를 어떻게 쓸지 얼마나 야무지게 궁리를 했던지. 모두 답인 것 같은 사지선다형 문제를 두고 고민하는 학생처럼 갈팡질팡하다가 결국 난 좋아하는 커피를 테이크아웃해서 근처 공원으로 향했다.

그동안 별 보기 운동 예찬론자처럼 깜깜할 때만 다니느라 눈에 보이는 것들은 모두 깜깜하거나 칙칙한 흑백 텔레비전 같았는데, 세상에! 그날 내 눈앞에 펼쳐진 세상은 엄청나게 좋은 화질을 자랑하는 총천연색 OLED 텔레비전 화면 같았다. 울긋불긋한 단풍들이 '이렇게 예쁜 나를 이제야 보러 오는 거니?' 하면서 나에게 아우성을 치고 있었다.

벤치에 앉아 커피를 마시며 호흡을 골랐다. 그리고 내 몸 곳곳에 풍경을 다 채워놓고 싶어서 눈에 보이는 모든 것을 천천히 바라보았다. 그때였다. 공원 스피커에서 〈10월의 어느 멋진 날〉이 흘러나오는 것 아닌가. 커피와 단풍과 음악, 그리고 나를 쓰다듬는 듯한 바람… 모든 것이 멈추기를 바랄 정도로 완벽하게 행복한 순간이었다.

커피는 나에게 음료나 각성제라는 의미 이상이 되어버렸다.

언제부터였는지 도무지 뗄 수 없는 연인 관계가 되었달까. 종류를 불문하고 하루에 네다섯 잔을 꾸준히 마신다.

직접 원두를 갈아서 내려 마시기도 하고, 테이크아웃 커피를 마시기도 하고, 자판기 커피를 마시기도 한다. 이틀에 한 번은 커피 전문점에 들러 글을 쓰거나 멍 때리는 시간을 갖는다.

이렇게 말하면 '커피에 돈을 그렇게 쓰다니!' 하면서 혀를 끌끌 차는 사람이 있을지도 모르지만 할 말은 있다. 난 고가의 명품이나 액세서리, 옷을 살 돈으로 내가 좋아하는 커피를 즐길 뿐이다. 다행히 그것들을 좋아하지 않아서 없는 채로 사는 게 불편하다거나 꿀리지 않는다. 대신 내가 정말 포기할 수 없는 커피만큼은 기분에 따라, 분위기에 따라, 유행에 따라, 컨디션에 따라 아끼지 않고 마신다.

특별히 좋아하는 커피가 있는 건 아니고 아무거나 다 좋은 잡식성이다. 좀 늦장을 부려도 되는 아침에는 콜롬비아, 브라질, 에티오피아, 과테말라 원두를 섞은 문 블렌드를 갈아서 내려 마신다. 아침 일찍 지방 출장을 가야 하는 날에는 역이나 터미널 근처의 커피숍에 꼭 들러 샷을 하나 추가한 아메리카노를 마신다. 첫 모금이 목구멍을 넘어갈 땐 "크아" 소리가 절로 날 정도로 온몸에서 아드레날린이 마구 분비된다.

평소에는 쓴 커피를 마시다가도 일하다가 글이 막혀서 당이 필요할 때는 카페 모카나 마키아토 당첨이다. 이외에도 벚꽃 시즌, 한여름 시즌, 크리스마스 시즌에 출시되는 커피 전문점들의 커피 신상들은 내 가슴을 콩닥거리게 만든다.

이렇게 공부를 했으면 하버드에 들어갔겠다 싶을 정도로 부지런하고 성실하게 커피를 찾아 마시며, 아무도 묻지 않은 품평을 혼자 열심히도 한다. 그게 그렇게 재밌고 즐겁다. 나만의 계절 행사랄까.

또 빼놓을 수 없는 것이 혼자 떠난 여행지에서의 커피다. 여행을 가기 전에 난 그 지역에서 유명한 카페를 검색해서 꼭 찾아가 마셔본다.

4년 전 오스트리아 자허 카페에서 자허 토르테(케이크)와 함께 마신 'vienna melange'라 불리는 비엔나 커피, 2년 전 교토 스마트 커피에서 프렌치토스트와 함께 마셨던 진한 커피의 맛은 지금까지도 생생하다. 혼자 다니다 지쳐서 터덜터덜 들어간 카페에서 마시는 커피는 또 어떤가. 고단함과 외로움을 덜어주는 위안의 맛이다.

이렇게 커피 한 잔이 좋은 추억으로 남으면서 두고두고 행복하게 해주니 어찌 명품에 비할쏘냐. 그래서 나한테 돈이 얼마나 있었으면 좋겠냐고 묻는다면 망설이지 않고 대답할 자신이 있다.

"커피를 마시고 싶을 때 돈 걱정 하지 않고 마실 수 있을 만큼이면 돼."

예전에 드라마 〈애인 있어요〉에서 죽을 고비를 넘기며 산전수전 공중전 다 겪은 여주인공 김현주의 대사가 인상적이었다.

"난 앞으로 죽을 때 가져갈 수 있는 것만을 위해서 살 거야."

죽을 때 가져갈 수 있는 게 별것일까. 아마도 작은 행복들이 빛나는 사소한 순간들이 아닐까. 좋아하는 단골 카페에서 커피를 마시는 순간, 혹은 커피를 마시며 마주한 행복한 순간들.

그런 의미에서 '기억'은 가장 중요한 재산이다. 때때로 내 속에서 연료처럼 타오르면서 마음을 따뜻하게 해주고 살아갈 힘을 주니까. 나에게 그러한 존재가 되어주는 커피 덕분에 난 부자가 되었다. 지금도 좋아하는 카페에서 진한 아메리카노를 마시며 글을 쓰고 있다. 지금 이 순간, 난 이보다 더 좋을 수 없을 만큼 두둑하게 행복하다.

"사소한 것이 운명이에요. 별것 아닌 이미지를 쌓아두면, 그 안에서 주제는 자연히 흘러나와요. 나선 안에 직선이 숨어 있다는 것을 잊지 마세요."

이성복, 『무한화서』 중에서

매일
밥을 짓는
마음으로

"아, 이제 돈을 안 벌어도 되겠구나."

이 말은 『사는 게 뭐라고』를 쓴 일본 작가 사노 요코가 예순 여섯에 암으로 시한부 선고를 받았을 때 가장 먼저 든 생각이었다. 그러면서 그녀는 안도했다. 그녀다운 솔직한 문장에 빵 터지면서도, 한편으로는 밥벌이라는 것이 누구에게나 힘든 일이구나 싶어 위로가 되었다.

재작년, 방송작가 일을 하다가 잘리고 난 후 이제 다시는 방송국으로 돌아갈 수 없을 거라고 생각했다. 그러다 기적처럼 다시 일을 시작하게 되었는데, 그때 나는 내가 잘해내기를 바라기보다는 실수만 하지 않기를 바랄 뿐이었다.

예전엔 낯선 일에도 큰 두려움이 없었는데 요즘은 작은 일도 무섭다. 젊을 때와는 다른 기대와 시선에 부담을 느끼기도 하지만, 더 솔직히 말하면 내가 예전 같지 않음을 누구보다 스스로 잘 알기 때문이다.

주어진 걸 해내려면 주기적으로 업데이트를 해줘야 하는데, 예전엔 흥미롭던 이 과정이 부담스러워진 게 가끔은 서글프다. 마치 내가 너무 오래되어서 버벅대기 시작한 구형 스마트폰이 된 기분이다.

방송 일을 손에서 놓은 게 2년이나 지났으니 업데이트해야 할 게 한두 가지가 아니다. 그간 나이까지 들어서 처리 속도가 더 느려졌다. 마음은 LTE급으로 업데이트를 하고 싶은데, 현실은 PC통신급이다. 내가 생각해도 속이 터진다.

다행히 좋은 사람들을 만나 눈칫밥 먹는 일은 없지만, 그들을 못 쫓아갈 때면 스스로 언짢고 의기소침해진다. 어차피 한 번 접었던 일이니 다시 못하게 되더라도 괜찮다고 스스로를 다독이는데도, 가끔은 이 피곤한 생활을 그만하고 싶다는 생각에 사로잡힌다. 하지만 대부분의 사람이 그렇듯 먹고사니즘에 늘 발목을 붙잡힌다.

마음이 롤러코스터를 탈 때 읽어서였을까. 아니면 저자가 아사히신문 기자 출신의 프리랜서로 내 나이 또래의 혼자 사는 비혼이어서였을까. 마침 이나가키 에미코의 『먹고 산다는 것에 대하여』에서 이 구절이 눈에 들어왔다.

"돈을 모으면 자유로워질 수 있다는 건 허황된 꿈이다. 나는 마음이 지극히 평온하다. 지극히 자유롭고. 왜일까 곰곰이 생각하다 예상치 못한 결론에 도달했다. 날 자유롭게 해준 건 돈도 아니고 자산도 아니고 특별한 재능도 아니었다. 바로 요리였다."

그녀가 말하는 요리는 대단한 게 아니다. 고작 한 끼당 식재료비 200엔(한화로 약 2,000원)밖에 안 드는 소박한 밥상이다. 그녀는 직접 요리하는 밥, 국, 채소절임이 전부인 이 밥상이 그리워서 집으로 뛰어간다. 많은 돈과 노력을 쏟지 않아도 먹고사는 일이 가능했다는, 최고의 맛을 찾았다는 그녀는 사람이 살아가는 데 꼭 필요한 것이 그렇게 많지 않다는 사실을, 그것들이 비싼 돈을 들여야만 얻을 수 있는 게 아니라는 사실을 뒤늦게야 깨달았다.

먹방이니 맛집이니 레시피니 하는 정보들이 홍수를 이루는 요즘, 이건 좀 다른 이야기였다. 좀 궁상맞을 거라는 선입견은 버려도 좋다. 철저히 '기본'에 관한 이야기이기 때문이다. 그래서 저자가 가장 먼저 다루는 것도 밥상의 메인이자 기본인 '밥'

이다.

"생각하면 할수록 밥을 짓는다는 건 너무나 복잡한 일이다. 변수가 너무 많아 어디가 어떻게 잘못되었는지 원인을 파악하는 게 정말이지 쉽지 않다. 그래서 매번 울다 웃다 한다. 하지만 그게 꼭 나쁘지만은 않다. 실패하면 실패한 대로 열심히 머리를 굴리게 되니까. 그건 꽤 재밌는 일이다. 모든 게 편리한 세상에 살면서 실패할 기회를 점점 더 잃어가고 있는 우리에게, 실패란 귀한 경험인지도 모른다."

그녀는 분명 밥 짓는 싱거운 이야기를 하고 있는데, 그 이야기 속에 내 현재가 파노라마처럼 그려진다. 난 여전히 실패가 싫었다. 몇 번을 실패했으면 무뎌질 만도 한데, 이번엔 실패하기 싫은 마음이 더 컸던 모양이다. 이렇게 업데이트가 느린데, 새로운 일을 하기란 더 어려울 테고, 더구나 이 나이에 새로운 일을 할 수 있는 곳에 들어가기란 또 얼마나 좁은 바늘구멍일 텐가.

내가 내 생계를 책임지지 못할까 봐, 또 '지금보다 조금 더' 모으지 못하면 미래를 보장받지 못할까 봐 버둥거리고 있는 내 모습이 보였다. 그런데 저자는 실패에 대한 새로운 관점을 밥으로 다르게 제시한다.

"예를 들어 된밥이 지어졌다고 치자. 그럼 일단 '와아. 딱딱

한 밥이 되었네!' 하고 감탄을 하는 거다. '볶음밥 재료가 생겼어!' 하고. 애초에 '실패'라 부르는 것 자체가 잘못이다. 이름을 다시 붙이면 그만이다. 인생도 마찬가지가 아닌가. 성공이냐 실패냐, 둘 중 하나로 구분할 수 있을 만큼 단순하지가 않다."

매번 잘된 밥을 짓고 싶고, 고슬고슬한 밥을 먹고 싶은 건 당연한 일. 하지만 전기밥솥에 똑같은 양의 쌀과 물을 넣고 밥을 짓지 않는 이상, 밥은 늘 똑같이 되지 않는다. 사람의 일도 마찬가지. 어제와 똑같은 오늘은 없고, 늘 좋은 날만 계속되지도 않는다.

그런 의미에서 내 하루는 어느 날은 된밥 같을 수도, 어떤 날은 퍼석거릴 수도 있다. 또 어느 날은 아주 찰질 수도 있다. 내게 가장 필요한 건, 밥은 어떠해야 성공적으로 잘 지은 거라는 이분법적인 시각 말고, 그날의 상태에 따라 감탄하고 변주할 수 있는 유연함이었다.

만물이 육수를 품고 있다. 결국 놀랍게도 가다랑어포가 아니더라도 모든 식재료에 감칠맛이 있다는 것을 깨닫게 됐다. 가다랑어포와 다시마를 사용해야 육수가 된다고 생각했는데, 감칠맛은 일부 엘리트 식재료에만 있는 것이 아니었다. 종류와 정도가 다를 뿐, 모든 식재료에는 저마다의 감칠맛이 있었다.

어쩌면 사람도 그런 게 아닐까, 그런 생각을 했다.

저자는 내 입에 밥을 넣는 일, 먹고사는 일은 어쩌면 그리 어려운 일이 아닐지도 모른다고, 이 가혹한 세상을 즐겁게 헤쳐나가는 게 불가능하다고 여기는 건 모두 착각일지 모른다고, 그러니까 인생은 두려워할 대상이 아니라고 당당하게 말한다. 난 이런 자신감이 그녀만의 밥상에서 나온다고 여겨진다. 최소한의 것으로 꼭 필요한 것만 하는 '기본'에 집중하고 충실했을 때에만 얻을 수 있는 힘이기 때문이다.

화려한 반찬이나 맛집의 요리가 나쁘다는 게 아니다. 나도 그런 음식들을 좋아하고 즐긴다. 다만 삶에서 가장 단단해야 할 기본에 얼마만큼 충실하고 집중하고 있는지를 돌아볼 필요가 있다. 어쩌면 우리는 남들이 맛있다고 하는 것, 좋다고 하는 것, 가봤다고 하는 곳, 그런 것들을 쫓으면서 남들 해본 것을 해보고 먹어보고 가봤다는 것에 만족하는 것일지도 모른다.

나는 그랬다. 남들의 기준에 맞추려고 노력했고, 그것에 만족했다. 그래서 남들처럼 못하면 서둘러 실패했다 규정하고 걱정 근심의 무거운 짐을 이고 지고 다녔다. 그 무게만큼 즐거움이나 행복의 빈도는 줄어들었다.

그래서 가장 감탄했던 것이 저자가 식사 때마다 느끼는 행복이었다. '고작' 밥 차려 먹는 것에 '유난스러운' 즐거움을 느끼는 그녀가 전혀 오버스럽지 않았다. 이 여자, 진짜 즐겁고 행복한가 봐, 하는 느낌이 책장 밖에서까지 팔딱거리는데 어느 사이엔가 전염되어서 나도 웃고 있는 걸 보면 진짜다. 하긴 즐기고 만족하는 삶에 어떤 훼방꾼인들 배겨낼 수 있을까.

힘들고 지칠 때, 어설픈 위로보다 그저 밥 먹자는 한마디가 힘이 되는 것처럼, 이 책『먹고 산다는 것에 대하여』가 그랬다. 그래서 난 불안하거나 용기가 필요할 때마다 습관처럼 이 책을 찾는다. 그러면 어김없이 금방망이처럼 낙관을 넉넉히 만들어준다.

마지막으로 이 책의 미덕으로 꼽고 싶은 것도 바로 그 점이다. 낙관이 만사의 답이 될 순 없지만 밥벌이에 지치고 용기가 필요할 때 이 책을 읽기를 권한다. 그러고 나면 내가 그랬듯 암 투병 중일 때에도 명랑함을 잃지 않았던 사노 요코의 말이 잠언처럼 마음에 남을 것이다.

"인생은 번거롭지만 먹고 자고 일어나기만 하면 어떻게든 된다."

외모 품평을
사절합니다

아름다운 몸, 아름다운 몸매란 어떤 것일까? 누가 아름다움을 평가할 수 있을까? 평가한다면 그 기준은 무엇일까?

늘 다이어트 중이던 내가 다이어트에 회의를 품으면서 갖게 된 의문이다. 먼저 고백하자면, 내가 했던 다이어트는 건강을 위한 체중 감량이 아니라 날씬해지기 위한 다이어트였다.

나는 통통한 수준의 몸매인데도 내 정서상으로는 늘 '더 빼야 한다'는 생각에서 벗어나본 적이 없다. 20, 30대에는 살찐 것은 잘못이고 매력적이지 않다는 인식이 강했고, 40대에 들어선 나이 든 독신녀가 몸까지 푹 퍼지는 건 못 봐주겠다는 생각에 사로잡혀 있었던 탓이다. 뿌리는 같다. 살찐 몸은 싫다는 거였다. 아니, 더 정직하게 말하면 내 몸이 싫었다.

내 키는 163센티미터다. 이 정도면 적당한 신장이지만 어릴 땐 키가 나의 가장 큰 고민거리였다. 지금이야 초등학교 고학년들은 훤칠하지만, 내가 초등학교를 다닐 때만 해도 남녀 통틀어 가장 큰 사람이 나였다. 작은 친구하고는 머리 하나가 더 클 정도이기도 했다.

남자아이들한테는 위협적으로 보였던지, 키 때문에 무척이나 놀림을 많이 당했다. 그들에게 나는 이름이 아니라 '돼지'로 불렸다. 예쁜 돼지, 귀여운 돼지도 아니고 그냥 '돼지'였다. 정말 싫었지만, 내가 비쩍 마른 편이 아니고 다른 아이들보다는 컸기 때문에 제대로 된 저항을 하지 못했다.

돼지라고 불리는 게 당연한 것인 양, 남자아이들이 돼지라고 놀리면 바보처럼 웃으면서 넘기곤 했다. 그렇게 몇 년 동안 돼지 소리를 들으니 나중에는 진짜 내가 엄청난 돼지인 것처럼 여겼다.

그러다 6학년 2학기 때 나보다 큰 여자아이가 전학을 오면서 난 '돼지'라는 별명의 굴레에서 벗어날 수 있었다. 그때 느낀 해방감이란! 전학 온 친구에게는 미안하지만 친구가 나에게 구원이었던 셈이다. 그러나 주홍글씨처럼 새겨진 내 몸에 대한 원망과 수치는 좀처럼 지워지지 않았다. 그러다 어른이 된 후 어릴 적 사진을 보고 깜짝 놀랐다. 내 기억 속의 그때 내 모습은 엄청나게 뚱뚱하고 킹콩 같은 거구였는데, 지금 보니 그저 좀 통통한 수준이었다. 뭔가 억울한 느낌마저 들었다. 어린 시절 놀림받았던 기억 때문에 내가 내 몸을 비정상으로 여기며 수치스럽게 여겼던 왜곡된 시간들이 아까웠다.

그래서 나는 짧은 옷을 잘 입지 못했다. 반바지를 입은 적도, 미니스커트를 입은 기억도 별로 없다. 나로서는 되도록 살을 감추는 게 내 수치심을 숨기는 유일한 방어 기제였다.

처음으로 나를 드러내게 된 것이, 캐나다에 갔을 때였다. 몸이 안 좋아서 1년 동안 캐나다에서 생활할 기회가 있었는데, 캐나다인 사이에 있으니 나는 평범함을 넘어 오히려 날씬한 축이었다. 나를 아는 사람이 없어서였을까. 전에 없던 용기가 나서 미니스커트를 샀다. 처음이 어려웠을 뿐, 한번 입자 다음부터는 반바지를 입는 것도, 소매 없는 옷을 입는 것도 쉬워졌다. 옷에서 해방된 느낌, 아니 더 정확하게 말하면 내 몸이 저주에서 풀려난 느낌이었다.

그러나 여전히 우리나라에선 그렇게 하기가 쉽지 않다. 이제는 내 개성대로 입긴 하지만, 외모에 대한 사람들의 평가는 여전해서 몸을 사리게 되는 건 어쩔 수 없다.

얼마 전에는 재미있는 기사 두 개를 읽었다. 하나는 가수 씨엘에 대한 기사였다. 온통 후덕해졌다는 내용의 기사였다. 무슨 안 좋은 일이 있는 거냐는 둥, 소속사 사장에 대한 항의라는 둥, 댓글에는 온갖 추측들이 난무하고 있었다. 게다가 기사 제목들은 어찌나 코미디 같은지. '살과 함께 물오른 퍼포먼스 능력', '씨엘 근황, 체중 증가에도 여전한 카리스마'까지. 그것들은 기사가 아니라 외모에 대한 난도질에 가까웠다.

또 다른 기사는 모 프로그램에서 수영복 입은 모습을 당당하게 드러낸 개그우먼 이영자 씨에 대한 소식이었다. 그동안 선례가 별로 없던 일이어서 나도 조금 놀랐지만 그 당당함이 정말 멋졌고, 영자 언니의 용기에 무조건 박수를 보내고 싶었다. 그게 얼마나 쉽지 않은 일인지 잘 알기에 더더욱 그랬다.

한편으로는 또 한번 언론에서 말이 많겠구나 싶었는데 아니나 다를까, 방송 다음 날에 '자신감이 넘쳐서 보기 좋다', '뚱뚱해도 당당하게 꾸미는 게 정말 좋다'는 내용의 기사들이 쏟아졌다.

불과 며칠 전까지만 해도 씨엘이 살쪘다고 온갖 수선을 떨던 언론들이 이번엔 이영자를 보고 살쪄도 당당하고 아름답단다. 당당하기로 따진다면 씨엘도 만만치 않은 연예인인데 말이다. 아이돌이니까 몸매 관리를 해야 한다는 의견도 있었는데, 왜 아이돌은 비쩍 말라야만 하는지 그 주장의 근거가 궁금하다.

여성의 몸에 대한 이런 분열적이고 모순된 시각은 매우 불편하다. 그래서 아무리 긍정적으로 평가했다 해도 이런 식의 기사도 그다지 반갑지 않다.

문득 내가 외모로 평가받았던 기억들이 떠올왔다. 몸이나 외모 자체에 대한 평가를 하지 않을 순 없을까. 뚱뚱하거나 말랐거나 상관없이 개성을 가진 한 사람으로 봐주는 것이 그렇게 어려운 일일까. 그래서 나는 나부터 인사치레성 외모 품평을 하지 않겠다고 다짐했다. 예를 들면 이런 말이다.

"많이 예뻐졌네?", "살이 빠졌나 봐.", "날씬해져서 그런가 보기 좋네.", "어쩌면 그렇게 얼굴에 주름이 없니?", "어려 보여."

사람들은 상대의 변화를 발견하고 진심으로 칭찬해줄 때도 있지만, 사실 할 말이 없거나 호의를 보이고 싶을 때 별 생각 없이 외모 품평을 하기도 한다.

"기분 좋으라고 하는 립 서비스인데 그 정도는 할 수 있지 않아?"

친구가 뭘 그리 까칠하게 구냐고 나를 타박했지만, 그것은 남의 시선과 판단에 갇혀 내 몸을 부끄러워한 것에 대한 반성이자, 다시는 그런 판단에 얽매이지 않고 나도 판단하지 않겠다는 다짐이기도 했다. 그래서 이제 외모 품평은 사절이다. 하지 않으려고 의식하다 보니, 그런 말을 참 많이 하고 살았다는 걸 깨달았다. 늘 하던 일을 하지 않기란 생각보다 꽤 어려웠다.

아름다운 몸이란 어떤 몸일까. 정답은 없다. 다들 각자의 기준이 있고 거기에 맞춰서 자신의 몸을 다루고 돌보는 것일 뿐. 다만 나는 사람을 두고두고 빛나게 하는 것은 몸이 아니라 몸에 깃든 정신이며, 그것은 분명 좋은 태도로 드러날 수밖에 없다는 사실에 새삼 긍정한다.

날씬하거나 몸이 좋은 사람을 보면, 처음엔 눈이 가고 좋아 보이는 옷태가 부럽기도 하지만 결국 어떤 사람에게 매력을 느끼는 건 그런 것들 때문이 아니다. 일상의 소소함에서 행복할 줄 아는 건강한 사람에게선 외모와 상관없는 긍정의 기운들이 뿜어져 나오고, 그 기운은 외모를 덮어버리곤 한다.

그래서 진짜 아름다운 몸이란 눈에 보이는 것이기도 하고, 보이지 않는 것이기도 하다. 다른 사람의 시선이나 평가에서 자유로운 몸, 스스로를 소중하게 여기는 몸, 건강을 위해 부지런한 몸, 좋은 마음이 태도로 드러나는 몸. 이런 몸은 보이지 않는 것들이 만들어내는 고유의 아름다움이다.

명절에
가족을 벗어난
여자들

[우리 추석 때 만날까?]

작년 추석 연휴가 시작되기 전, 고교 동창 친구 두 명과 메신저로 수다를 떨다가 나온 말이다. 우리 나이 어언 마흔여덟. 나야 처음부터 초지일관 싱글이었지만, 한 명은 돌싱, 다른 한 명은 유부녀였기에 처음에는 인사치레겠거니 했다.

명절 때 친구들을 만난다는 게 까마득한 옛날 일이 되어버려서 진담인지 농담인지 분간이 되질 않았던 것이다. 명절이면 으레 다들 시가, 친정을 다니느라 바쁜 친구들이 명절 때 만나자고 하니 낯설었다.

〔나 이날 아르바이트 가니까 너희가 분당으로 와주면 안 돼?〕

4년 전 이혼하고 홀로 고등학생 딸을 키우는 친구가 적극적으로 나섰다.

〔노 프라블럼.〕

마흔 넘어 결혼해서 여섯 살 된 아이를 둔 또 다른 친구가 대답했다. 어라? 떠보는 게 아니었다. 얼른 좋다고 메시지를 보냈다. 아주 오랜만에 명절이 기다려졌다.

언제부터인가 명절이 달갑지 않았다. 결혼한 친구들은 명절 스트레스 때문에 싫어했지만 싱글인 나에게는 좀 다른 이유가 있었다. 물론 젊었을 때는 명절 연휴가 반가웠다. 간만에 푹 퍼져서 뒹굴거리는 것도 좋았고, 친구들과 마음 편히 놀 수 있는 절호의 기회이기도 했으니까. 할 일 많고 갈 곳 많고 만날 사람 많은 명절 연휴는 늘 손꼽아 기다리는 짧은 방학이었다. 적어도 30대 후반까지는 그랬다.

친한 친구들이 하나둘씩 결혼을 하면서 내 명절의 풍경도 바뀌기 시작했다. 누군가를 만나는 것은 생각도 못 하고, 아이를 낳으면서는 명절 안부를 주고받는 일조차 소원해졌다. 어쩔 수 없이 몇 년 동안은 조신하게 집에서 명절 연휴를 보냈지만, 마흔 줄에 들어서부터는 어른들의 쏟아지는 결혼 질문 세례에 기가 질려서 작전을 바꾸었다.

혼자 산에 오르는가 하면, 짧은 여행을 다녀오기도 했다. 점점 혼자 놀기의 달인이 되어갈 무렵, 다행히 독립을 했고 그 이후로는 명절을 보내는 것이 훨씬 쉬워졌다. 그래도 늘 마음 한구석에서는 '과연 이게 좋은 걸까?' 하는 생각이 들곤 했다. 그렇게 싱글에 맞게 세팅된 명절 라이프를 흐트러뜨린 것이 바로 지난 추석이었다. 우리는 진짜 명절 다음 날 저녁에 만났다.

"이게 얼마 만이니? 우리 이렇게 명절에 모여서 노는 거 진짜 오랜만이다."

한 친구가 감격스럽다는 듯 말했다. 거의 20년 만에 친구들과 함께 보낸 명절 풍경은 예전과는 사뭇 달랐다. 그때는 술도 많이 마시고, 영화를 보고, 쇼핑도 했던 것 같은데 이제는 그럴 만한 체력이 없다. 그날만 해도 저녁을 먹은 뒤, 카페에 가서 한 차례 수다를 떤 다음 공원 벤치에 앉아 밤바람을 맞으며 두런두런 이야기를 나눈 게 유흥의 전부였다.

대화의 주제도 달라졌다. 젊을 때는 주로 연애 이야기, 직장 생활 이야기였다면 이제는 치매 초기인 엄마 걱정, 요양원에 계시는 아버지의 상태, 돈 버는 일의 고단함 등이 주제였다. 당연한 변화다. 유행가 가사처럼, 다들 등이 휠 것 같은 삶의 무게를 지고 사느라 주름도, 한숨도, 걱정도 많아지고 깊어진 것이다.

하지만 그래서 더 좋은 점도 있다. 무슨 이야기를 해도 안심이 되고, 서로의 가족에 대해서도 속속들이 알기 때문에 가족의 안위에 진심으로 귀 기울일 수 있었다. 또 하나 좋은 점은 이제 돌싱 친구는 아이를 혼자 두어도 될 만큼 다 키웠고, 유부녀 친구도 남편에게 양해를 구하고 하룻밤 정도는 자유를 얻을 수 있는 나이가 되었다는 거였다.

그날 우리는 시간 가는 줄 모르고 오랫동안 수다를 떨었는데, 공연히 마음이 급해진 내가 "이제 집에 가야지." 하면서 돌려보낼라 쳐도 두 사람 모두 일어날 기미가 없어 보였다.

"가족, 소중하지. 하지만 잠시나마 가족한테서 벗어나고 싶을 때 있잖아. 내 친구들하고만 놀고 싶을 때. 마음만 간절하지 실제로는 못 하고 살았는데, 이제 내가 누구 눈치 볼 나이도 아니고, 그동안 할 만큼 했고. 이 정도도 못하면 되겠니. 근데 이게 뭐라고, …정말 너무 좋다."

우리는 누가 먼저랄 것도 없이 다음 명절에도 만나자고 약속했다.

그렇게 명절을 지내고 몇 주가 지난 뒤였다. 엄마와 별것 아닌 일로 다투고 집을 나와버린 나는 명절에 만난 유부녀 친구에게 전화를 해서 울화를 토해냈다. 어느 정도 맞장구를 쳐주던 친구는 마침 저녁을 준비하는 중이었다면서 나를 초대했다. 결혼한 친구의 집에 저녁 식사 시간에 가본 적이 별로 없어서 순간 망설여졌다. 그러다 이제 내 쪽에서도 좀 편해지자 싶어서 귤 한 봉지를 사들고 냉큼 갔다. 친구에게 시시콜콜 일러바치면서 저녁 한 끼를 얻어먹은 뒤 집으로 오는데 친구에게서 문자가 왔다.

"언제든지 와. 밥 해줄게."

그리고 며칠 뒤, 퇴근하고 집에 들어섰는데 엄마가 누군가와 통화를 하고 있었다. 꽤 오래 통화한다 싶었는데 이야기 중간에 자꾸 내 이야기가 흘러나왔다. 처음에는 흘려들었는데 한 30분쯤 흘렀을까. 좀 이상하다 싶은 순간에 엄마가 내 유부녀 친구의 이름을 부르는 걸 듣고서야 수화기 건너편의 상대를 알아챘다.

늘 수다가 고팠던 엄마는 오랜만에 안부차 전화한 내 친구에게 당신 딸 험담을 신나게 쏟아내고 계셨던 것이다. 생각해보니, 집 전화를 사용하던 때에는 친구네 집에 전화했다가 친구의 부모님과도 제법 안부를 나누곤 했는데, 휴대폰이 생기면서는 그럴 일이 줄었다. 나한테 소식을 전해 듣기만 하다가 간만에 친구와 통화하니 반갑고 좋으셨던 모양이다. 베란다에서 등을 돌리고 앉아 소곤거리는 풍경을 보고 있으려니 너무 귀엽기도 하고 재미있어서 깔깔거렸다.

"내 욕 실컷 하고 스트레스 좀 풀렸어?"

친구와 통화를 끝낸 엄마에게 물었다.

"속이 다 시원하네."

엄마는 보름달처럼 환해진 얼굴로 웃고 있었다. 조금 있다가 친구에게서 문자가 왔다.

〔어머니가 너한테 구박받고 의기소침해하실까 봐 같이 너 욕 해 드렸어.〕

친구는 명절 때 가족 이야기를 나누면서 우리 엄마가 궁금하던 차에, 내가 엄마와 싸운 이야기를 듣고는 겸사겸사 전화를 드려야겠다는 생각이 들었다고 한다. 그렇다고 내 욕을 30분이나 하다니. 하지만 푸짐하게 욕을 먹어도 유쾌하기만 한 배신이었다. 고마웠다. 나도 이번 명절에는 친구네 부모님 댁으로 과일을 보내드리면서 간만에 명절 인사를 드려야겠다고 생각했다.

내 명절 라이프는 또 한 번의 변화를 예고하고 있다. 나이 들면 친구가 소중해지는 시간이 올 거라 믿고 우정을 지키며 기다리길 얼마나 잘했는지. 명절이 기다려지는 건 또 얼마 만인지. 분명 많은 것이 달라졌지만 여전히 변하지 않는 것도 있다.

긴 시간을 돌고 돌아서 다시 찾아온 명절의 풍경은 그 변하지
않은 것들을 내게 알려주었다.

마흔 넘어
생긴
장래희망

어릴 때는 장래희망이 무엇인지 지긋지긋할 정도로 질문을
많이 받았다. 그런데 어느 순간부터 누구도 장래희망이 무엇인
지 묻지 않는다. 나이가 들어도 희망은 가질 수 있는데 말이다.

언젠가는 4대 보험을 들어주는 직장에 입사하는 것이 장래
희망이었던 적이 있다. 매달 꼬박꼬박 통장에 돈이 들어오는
직장인이 부러운, 가난한 프리랜서 작가의 지극히 현실적인 희
망이었다.

한때 나도 정규직이었던 적이 있었다. 스트레스로 한쪽 귀를
잃고 퇴사하기 전까지는 말이다. 잡지사에서 일하던 때는 연봉

도 꽤 높았고, 일도 재미있었다. 그러나 관리자 역할을 맡게 되면서는 상황이 달라졌다. 한 달에 열흘 정도는 야근을 해야 했는데 이것저것 변덕스러운 요구사항이 많은 상사들의 비위를 맞추기까지 해야 했고, 실적에 대한 부담도 많았다. 스트레스를 밖으로 풀어내는 성격이 아니다 보니, 점점 몸으로 마음의 상태가 드러나기 시작했다. 엄마 말에 의하면 꼭 거죽만 남은 사람마냥 허깨비 같은 모습이었다고 한다. 엄마의 성화에 못 이겨 한의원에 끌려갔다가, 의사 선생님에게 한 소리 들었다.

"이러고 어떻게 살아요? 맥이 하나도 안 잡히네."

우울증이었다. 그리고 얼마 뒤 스트레스로 인한 돌발성 난청이 왔는데도 그 사실조차 모른 채 연일 야근을 하다 결국 한쪽 청력을 잃었다. 그런데도 내 청춘을 불사르며 열심히 일한 곳을 박차고 나올 결심을 하기가 쉽지 않았다. 그때 내 나이가 서른 중반, 한창 일이 재밌을 나이였으니 브레이크를 잡기가 더 어려웠다.

그러다 결정적으로 사장님이 창업 일등 공신인 메인 팀의 부장님을 자르려고 하는 모습에 신뢰가 깨져버렸다. 명분은 '답보 상태인 판매 실적 돌파구 마련을 위한 분위기 쇄신용 인사'였다. 회사를 함께 일으키고도 묵묵하게 일하는 사람을 자를 정도면, 나 하나쯤은 언제든 자를 수 있겠구나 싶었다.

내가 아무리 일을 좋아한다 해도 내 자신보다 더 소중할 수는 없었다. 나를 망가뜨리면서까지 소모품이 되고 싶진 않았다. 나를 지키고 싶은 마음이 컸기 때문에 그쯤에서 탈출하기로 결정했다. 그렇게 난 14년 전, 정규직과 이별했다.

힘들긴 했어도 일한 만큼 월급이 제때 꽂히는 시스템을 아예 경험하지 않았다면 모를까, 그 맛을 본 사람으로서 가끔은 아쉬울 때가 있다. 하루아침에 실직을 해도 실업급여도 못 받고, 건강보험료는 왜 그리 비싼지. 세상이 온통 불친절해 보였다.

프리랜서로 혼자 모든 걸 결정하고 혼자 일한다는 것은 편하고 자유롭긴 해도 때때로 외로웠다. 함께 일하며 서로를 이해해줄 동료가 그리웠다. 그래서 버틸 수 있는 적정선을 찾아 가늘고 길게 갔어야 했나 하는 생각이 들 때도 있다.

그렇다고 회사를 그만둔 것을 후회하지는 않는다. 어차피 어떤 생을 선택하든 약간의 후회는 있는 법이니까. 그리고 내가 그토록 싫어하는 그 자리가 누군가에게는 부럽고 절실한 자리가 될 수 있다는 걸 이제는 아는 나이가 되어버리기도 한 까닭이다.

물론 그때의 선택이 가져다준 이후의 삶은 결코 녹록하지 않았다. 그러나 어른이란 선택에 책임을 지는 사람이다. 내 선택이 100점짜리는 아니었고, 그 선택 이후에 나에게 온 삶이 유쾌하지만은 않았지만 다행히 지금의 내 삶에 불만은 없다. 내 기준에서 더 이상 열심히 살 수 없을 정도로 열심히 살아보고, 하고 싶다고 생각한 일들도 해보면서 살아온 것 같다. 뭔가를 많이 한 만큼 성취도 많았고, 실패나 실수도 많았다. 그러면서 어떻게 살아야 하는지 이제야 조금씩 정리가 되어간다.

　요즘 난 '정성'이라는 말이 참 좋다. '정성'의 사전적 의미는 온갖 힘을 다하려는 참되고 성실한 마음이다. 이 말은 어쩐지 '열심'과는 좀 다르다. 물론 '열심히'도 어떤 일에 온 정성을 다하여 골똘하게 한다는 뜻이지만, 간절하다거나 열렬하다는 뉘앙스가 강하다. '정성껏'에는 간절함과 뜨거운 열렬함보다는 느슨한 틈, 따뜻한 노력이 있다. 또 '열심'은 나를 헌신해서 무언가를 이루는 느낌이라면, '정성'은 나를 비롯한 대상을 대접하며 잘되게 하려는 섬세한 성실함이 담겨 있다.

　한낱 단어에 이렇게 목숨을 거는 이유가 있다. 내가 꽤 열심히 사는 축에 속한 사람이었기 때문이다. 내 모토는 남들보다 '조금 더' 하자는 거였다. 누군가를 이기기 위해서가 아니라, 나의 부족한 끼나 재능을 채우기 위해서는 성실하기라도 해야 한다는 생존 본능 때문에 나는 자발적 워커홀릭이 되었다. 그런 패턴에 길들여진 노예 정신이다 보니, 열심히 살지 않는다는 게 어떤 것인지 잘 몰랐다. 그래서 방송국에서 하루아침에 잘리고 백수가 되었을 때에도 가장 멘붕이 온 게 열심히 할 일이 없다는 거였다. 공부나 일만 열심히 했지, 그 외에는 어떻게 해야 하는지 모르는, 지독한 불균형 상태였던 것이다. 열심히 하는 것으로 내 존재감을 인정받고 싶었던 누추한 자존감이 만든 결과였다.

이런 고민들을 털어놓았더니 한 후배로부터 재치 있는 답이 돌아왔다.

"저는 생전 열심히 살아보지 않아서… 언니 맘을 모르겠어요. 같이 느슨하게 살아봐요."

늘 일을 규모 있게 하는 그 후배의 느긋함과 여유를 아는 터라 존경스러웠다.

오늘 누군가가 장래희망에 관해 쓴 글을 보았다.

'장래희망: 아무것도 하지 않아도 초조하지 않은 사람.'

이제 장래희망이 무엇인지 아무도 묻지 않는 나이가 되었지만, 마흔이 넘은 나에게도 장래희망이 생겼다. 생각만큼 잘하지 않아도, 아무것도 하지 않아도 기죽거나 초조해하지 않는 사람. 그리고 '열심히'보다 '정성스럽게' 사는 사람. 일도, 노는 것도, 사람을 대하는 것도, 물건 하나를 사는 것도, 한 끼를 먹는 것도, 말 한마디를 건네는 것도, 정성을 다하는 사람.

열심히 해야 한다면 부담스러운데, 정성껏 하면 된다는 말에는 왠지 의욕이 생기고 뿌듯함이 차오른다. 목표 달성보다 내 만족의 영역이 더 큰 느낌이랄까. 좋은 결과를 위해 열심히 하는 것보다 하나하나 정성껏 하다 보면 만족스러운 결과가 올 것이라고 믿으며, 정성을 들이는 것이다.

정성껏 사는 데 꼭 필요한 것은 '응시'와 '관찰'이다. 열심히 경주마처럼 살 때에는 하기 힘든 것들이다. 내 일상에서 일어난 일들, 내 주변에서 일어나는 일들, 그로 인해 느껴지는 감정과 질문들을 가만히 응시하는 것은 정성을 들이는 삶의 필요충분조건이다. 응시와 관찰은 사유에 그치지 않고 내가 어떤 방향으로 말하고 행동해야 할지도 차분하게 알려준다.

그래서 하루를 정성스럽게 채우는 것이 나의 목표다. 요즘 일본 드라마에 재미를 붙이고 대학교 때 부전공을 한 뒤 졸업 이후로 손을 놓았던 일어 공부도 다시 시작했다. 돌아서면 잊어버리는 머리 탓에 외우고 또 외운다. 한 번도 써보지 못한 주제의 청탁 글이 들어와도 거절하지 않는다. 고치고 또 고치며, 내 사유에 모순은 없는지 끊임없이 반문한다. 머리가 잘 돌아가지 않아서 예전에 비해 몇 배의 공과 시간을 들여야 하지만 잘하려 하기보다 정성껏 하기로 결정한 뒤로는 어쩐지 그 과정이 재밌다.

있는 반찬으로 가볍게 먹거나 외식도 하지만 예전에 비해 음식을 어느 정도는 만들어 먹는다. 목 디스크와 척추측만증 때문에 지루하기 짝이 없다 여겼던 요가도 빠지지 않고 하는 중이다. 요즘은 내 몸의 구석구석을 응시하는 시간이다. 사람들에게도 조금 더 다정하고 유쾌한 사람이 되려 한다. 이렇게 배우고 쓰고 먹고 즐기는 것에 사소한 정성을 들이는 하루하루가 주는 보답이 있다. 재미와 성취감.

그래서일까. 예전보다 지금의 내가 마음에 든다. 미래를 생각할 때마다 막막했던 그 아득함도 줄어들었다. 내 나이와 몸에 맞는 일을 터득하고 있는 중이다.

끝난 것
같아도
끝이 아니다

방송국을 그만두게 되었을 때, 나는 좀 덤덤하고 싶었다. 앞으로의 일에 대한 걱정은 차차 해도 되니까, 그동안 더할 나위 없이 수고한 나 자신을 격려해주고 싶은 마음이 더 많이 들었다. 그래서 친한 후배들을 먼저 불러 모았다.

"얘들아, 언니 실직 기념 파티 하자. 내가 한턱 쏠게."

"파티요? 진짜 파티 해도 돼요?"

"질질 짜는 것보다는 훨씬 낫잖아."

정말 그랬다. 더 일하고 싶었지만, 누군가에 의해 강제로 중도 탈락한 만큼 마음도 아팠고, 눈물도 났다. 하지만 그렇다고 한들 그 마음을 붙들고 있는다고 해서 할 수 있는 것은 없었다. 계속 우울과 절망의 구덩이에서 허우적거리는 것보다는 내 마음을 돌봐야겠다고 생각했다. 나만은 내 자신과 내 사람들이 겪은 지난한 과정을 알아주고 기념해주고 싶어졌다. 결과가 나빴다 하더라도, 과정 중에 최선을 다했다면 그 과정에 대한 격려는 꼭 필요하니까.

실직 기념 만찬을 한 날, 한 친구는 나에게 쓴 인생이지만 달콤하게 살라는 의미로 예쁜 사탕 박스를 선물해주었고, 한 친구는 예전에 내가 했던 말을 그림으로 그려주었다. 아주 특별한 격려였다.

언젠가 한 목사님께서 수험생을 둔 학부형들의 기도 응답 태도에 대해 말씀하신 적이 있다. 부모는 자녀가 수능을 치르기 전에 주변에 열렬하게 기도 부탁을 하고 정성으로 기도하고 수능 결과가 발표되면 두 부류로 나뉜다. 기도에 응답이 왔다면서 기도해줘서 고맙다고 인사하는 사람과 죄인마냥 한동안 숨어 다니는 사람. 기도 응답에 감사하는 경우는 모두 자녀가 합격한 경우다. 자신도 최선을 다하고 하나님께서 최선의 길로 인도해주실 것을 믿었으면 내가 원하지 않는 응답이어도 그 응답에 감사해야 하는 것 아니냐는 것이 목사님의 지론이었다.

고개가 끄덕여지는 말씀이었다.

우리는 '성공 공식'에 휩쓸려 행동한다. 그래서 합격하고 취업하고 성공한 것만 감사하고 자랑스러워한다. 실직, 퇴직, 이혼, 불합격은 입에 올리는 것조차 금기시할 때가 있다. 마치 그 결과가 인생 전체의 성패를 결정하는 것처럼.

뒤집어 생각하면 종이 한 장 차이라는 것을 누구나 다 안다. 그토록 바라던 취업이 돼서 '고생 끝 행복 시작'인 것 같아도 그 뒤에 죽도록 고생하다 피폐해지기도 하고, 취업에 실패를 해도 다음에 더 좋은 기회를 얻는 경우가 종종 있다. 지금 눈앞에 보이는 것이 전부가 아니다.

불운 혹은 불행이라고 생각되었던 것도 시간이 지나고 보면 그게 오히려 좋은 일이었다는 걸 깨닫게 될 때가 있다. 반면 좋은 일이라고 여긴 것들이 나중에는 나에게 그다지 좋은 게 아니었다는 걸 알 때도 있다. 그런 의미에서 내가 최선을 다했다면 실직도, 탈락도, 이혼도, 불합격도 충분히 격려하고 기념할 만한 일이지 않을까.

축하받을 일이 점점 줄어드는 나이대에 들어서고 보니 더더욱 기념 파티가 필요하다. 이제는 누가 회사를 그만두었다고 하면 예사롭게 들리지 않는다. 좋은 일로 그만두는 경우를 제외하고 격려와 축하의 메시지와 함께 커피 쿠폰을 보내기도 하고, 꽃다발을 안겨주며 밥을 사주기도 한다. 퇴직을 앞둔 후배와는 퇴직 기념 여행을 가기로 일찌감치 약속하고 한 달에 얼마씩 함께 적금을 들다가 진짜 여행을 갔다.

친한 친구가 힘겨웠던 결혼 생활을 정리하고 이혼 도장을 찍은 날, 난 일부러 '위로주'를 사겠다는 말 대신 축하 파티를 하자고 했다. 그동안 수고했고, 다시 싱글이 된 걸 환영한다고 해주었다.

오빠가 진급 시험에서 2년 연속 떨어진 날, 우리 가족은 아주 멋진 케이크를 준비해 탈락 기념 파티를 했다. 그리고 가늘고 길게 가는 게 더 좋다며 다른 좋은 일이 생길 거라고 축하해주었다. 2주 뒤, 오빠는 진급 시험 탈락 기념 여행을 간다며 베트남으로 유쾌하게 떠났다.

글쓰기 수업에서 은유 선생님에게 절판 기념회에 대한 이야기를 들은 적이 있다. 출판사로부터 첫 책 『올드걸의 시집』이 절판 결정되었다는 통보를 받았을 때, '책도 해고가 되는가' 싶어서 뭔가 밀려오는 감정에 복받친 선생님은, 그 책을 세상에 선보인 편집자와 함께 궁리 끝에 '절판 기념회'를 생각해냈다. 출판 기념회가 아니고 절판 기념회라… 이 신선한 접근이라니. 그 절판 기념회 덕분에 첫 책의 절판을 정식으로 애도할 수 있었다는 이야기를 들으며, '내가 원한 게 바로 이런 거야!' 하면서 물개 박수를 쳤다.

합격, 결혼, 출판, 입사, 진급, 성공만 축하하고 기념하는 것이 아니라 그 반대의 것도 충분히 애도하고 기념하면서 떠나보낼 수 있는 파티. 과정을 알아주면서 아픔과 상처와 상실을 딛고 다시 시작하고 일어설 수 있는 용기를 북돋아주는 파티야말로 우리에게 더욱 필요한 것이 아닐까.

항상
행복할 필요는
없다

돌아보면 나는 하고 싶은 일을 하면서 살았다. 기자를 하며 잡지사 편집장까지 올라 후회가 없을 만큼 일해보기도 했고, 언젠가 외국에서 살아보고 싶었는데, 캐나다의 어느 동화 같은 마을에서 1년을 살기도 했다. 고등학교 때부터 방송작가가 꿈이었는데 마흔이 넘어서 그 꿈을 이루기도 했다. 물론 사이사이 굴곡도 많았지만 하고 싶은 것을 하면서 산 편이다.

하지만 그래서 행복했냐 하면 꼭 그런 것만은 아니었다. 무언가를 성취해서 느끼는 기쁨과 행복도 있었지만, 내가 이상적으로 생각했던 것을 이룬 삶 속에서도 고통과 눈물과 한숨은 분명 존재했다.

　종종 혼자 사는 삶이 만족스럽고 행복하다고 느끼기도 하지만 또 어떤 때는 혼자라는 사실에 사무치게 외롭고 고단해질 때도 있다. 그렇지만 얼마 전까지만 해도 "싱글이라고 해서 늘 행복하고 신나는 것만은 아녜요."라고 솔직하게 말하기가 어려웠다. 그 말을 하는 순간, 처량한 여자가 되기 십상이었기 때문이다. 그래서 늘 무언가를 배우고 있다, 어디 여행 다녀왔다, 이것저것 하면서 잘 지낸다, 등의 답으로 대신하곤 했다. 사실 그렇기도 하니까.

　그러다 보니 가끔 사람들에게서 "그러니까 싱글은 편하고 좋은 거야"라는 말을 듣는데, 그럴 때마다 나도 역으로 묻고 싶어진다. "그러면 모든 기혼자들은 결혼 생활이 불편하고 불행하기만 한가요?"

　기혼이든 비혼이든, 누구나의 일상엔 고통과 행복이 공존한다. 그런데 사람들은 보통 결혼 생활이 힘든 것과 별개로 결혼의 가치를 존중하면서, 싱글 생활의 가치는 그만큼 존중하지 않는다. 싱글의 삶이 얼마나 자유롭고 행복한지를 증명하도록 종종 압박하는 것을 보면 그렇다.

　드라마나 예능 프로그램을 보면 당당하게 혼밥, 혼행을 하거나 멋진 취미 생활을 즐기는 싱글의 삶이 그려지고, 신문이나 잡지에서도 싱글 라이프가 얼마나 좋은지를 강조하는 기사가 수두룩하다. 물론 이런 변화는 매우 반갑다. 특히 싱글 여성의 삶은 외롭고 초라하다는 인식이 강했던 시절에 비하면 정말 대단한 변화다. 하지만 일부러 싱글의 삶을 좋게 포장하려는 의도가 보일 때가 있어서 어딘가 마음이 불편하다.

또한 각종 설문조사에서 기혼과 비혼의 행복지수를 비교해가며 누가 더 행복한지를 알아내려고 혈안이다. 대부분은 기혼자가 평균수명이 길며, 행복하다는 결과를 나타낸다. 누가 뭐라고 하든지 본인이 행복하면 그만인데, 왜 어느 쪽이 더 행복한지가 궁금할까? 승자 쪽에 서고 싶은 심리일까. 아니면 오래 살고 싶으면 빨리 결혼하라고 압박하는 걸까. 어느 쪽이든 부자연스럽다.

사람들이 그토록 행복에 집착하는 것도 의아하다. 행복이란 주관적인 것인데, 마치 행복을 객관적 지표로 판단하고, 그것으로 성공의 척도를 삼는 것 같다. 슬픈 일이다.

만약 누군가 나에게 "당신은 행복하세요?"라고 묻는다면 나는 아마 이렇게 대답할 것이다.

"글쎄요. 가끔은 행복하다고 느끼고, 때로는 슬프기도 하고 외롭기도 해요. 만족스러울 때도 있고, 두려울 때도 있고요. 괜찮을 때와 괜찮지 않을 때를 늘 왔다 갔다 해요."

기혼이든 비혼이든 이런 경향은 비슷할 것이다. 왜냐하면 너무나 당연한 것이므로. 사람의 감정이 어떻게 365일 충만하고 행복하기만 할 수 있을까. 그것은 불가능하다.

지금의 나는 내가 예전에 꿈꿨던 모습과 거리가 멀다. 프리랜서라고는 하지만 뚜렷한 명함도 없고, 수입도 예전에 비하면 형편없고 미래가 보장되지 않은 삶이다. 게다가 이제 쉰을 앞두고 있다.

그런데도 요즘은 그 어느 때보다 마음이 편안하다. 명함도 돈도 남편도 뚜렷한 미래도 없지만 이만하면 괜찮다는 생각이 자주 든다. 나름대로 잘 지내고 있다. 이제 내 마음도 무엇을 이루기 위한 'doing'보다 여유 있고 배려하는 너그러운 사람이 되고 싶다는 'becoming'에 더 무게가 실린다.

그러니 우리는 자아실현을 하며 아무 부족함이 없는 싱글 여성이 될 필요는 없다. 그렇게 되려고 애쓸 필요도 없다. 그래서 나는 외로움과 두려움을 느낀다고 해서 실패한 것이 아니라고 스스로에게 끊임없이 격려한다. 긍정적인 것들로만 가득해야 행복한 것이고 그것이 내 인생의 성공을 의미한다는 생각도 버렸다. 그러자 전보다 평화와 만족감이 더 자주 나를 찾아온다.

물론 지금도 외로움이나 슬픔, 막막함에 무너질 때가 있다. 하지만 그럴 때마다 속으로 되뇐다. 그것들은 내가 싱글이어서가 아니라 그저 내가 살아 있기 때문에 느끼는 당연한 감정이라고.

에필로그

　뭐라도 해야지. 뭐라도 되겠지. 앞에 붙은 말은 같지만 뒤에 붙는 말에 따라서 뉘앙스가 달라집니다. 이 책의 모태가 된 '비혼일기'를 처음 쓸 때만 해도 저는 자포자기 상태였습니다. '마흔여섯이라는 나이의 비혼 백수'가 당시 제 타이틀이었고, 갱년기 증상으로 힘들어하던 차에 완경 진단까지 받아서 여러모로 벼랑 끝에 몰린 기분이었습니다. 무기력과 허탈함 그러면서도 더 잃을 게 없다는 데서 오는 낙관이 묘한 컬래버레이션을 이루는 가운데 얼마간의 시간을 보냈습니다. 그러다 슬슬 '뭐라도 해야 하지 않을까' 싶은 마음이 들던 때, 지푸라기처럼 잡은 것이 은유 작가의 '감응의 글쓰기'라는 수업이었습니다.

　처음에는 무엇을 써야 할지 막막했습니다. 그러다 "사회적 약자는 무지한 질문에 답해야 하는 사람"이라는 말이 내게 시동을 걸어주었습니다. 비혼으로 살면서 이리저리 치이며 받아온 불편한 질문들이 떠올랐거든요. 불편함을 참고만 있으면 아무것도 바뀌지 않겠다 싶어서 뭐라도 하고 싶었고, 아무도 안 하면 나라도 하자는 마음으로 비혼 이야기를 쓰기 시작했습니다. 수업 막판에 이르러서는 은유 작가와 같은 수업을 듣는 친구의 권유로 〈오마이뉴스〉에 기고를 해봤습니다. 그게 시작이었습니다. 그 후 제 삶은 생각지 못한 방향으로 흘러갔습니다.

'비혼일기'를 연재해달라는 생각지도 못한 청탁을 받았고 덜컥 수락했죠. 누군가에게 도움이 되었으면 하는 마음으로 시작했지만 사실 글쓰기의 가장 큰 수혜자는 제 자신이었습니다. 글을 쓰는 동안 생각이나 감정이 정리되었고, 무엇보다 즐거웠으니까요. 쓰면서 곪아 있던 상처가 조금씩 치유되었고 세상에 다시 나설 용기가 생겼으며, 어떻게 살아야 할지 방법이 보이기 시작했습니다. '뭐라도 해야지' 하며 쓰다 보니 이렇게 책까지 출간하게 되었고요. 신기할 따름입니다. 최선을 다했으니 이 책이 뭐라도 되겠지, 하는 심정으로 세상에 내놓습니다. 그저 같이 웃고, 맞장구치고, 잠시 멈추어서 같이 생각도 했다가, 읽고 나면 행복해지는, 편한 동무가 되기를 바랍니다.

'비혼일기'를 기획하고 쓰게 해준 전 오마이뉴스의 홍현진 기자, 격려의 여왕 이주영 기자, 그리고 내 글쓰기의 뿌리 은유 작가님, 또 이 글을 알아봐주고 세심한 의견과 열정적 진행으로 글의 구멍을 촘촘히 채워준 한나비 편집자에게 깊은 감사의 마음을 전합니다. 늘 든든한 기둥이 되어주는 가족과 내 삶과 글에 모티브를 제공해주는 분신 같은 다정한 친구들에게도 고마움을 많이 빚졌습니다. 특히 안 풀릴 때마다 적절한 조언을 해준 영주, 인생 베프 정순과 하연, 그대들과의 우정은 나의 자부심입니다. 감사합니다.

혼자 살면 어때요? 좋으면 그만이지

초판 1쇄 인쇄 2019년 6월 26일
초판 1쇄 발행 2019년 7월 3일

지은이 신소영
펴낸이 김선식

경영총괄 김은영
기획·편집 한나비   **디자인** 심아경   **크로스교정** 조세현   **책임마케터** 권장규, 박지수
콘텐츠개발3팀장 윤세미   **콘텐츠개발3팀** 심아경, 한나비, 이현주, 박화수
마케팅본부 이주화, 정명찬, 권장규, 최혜령, 이고은, 허윤선, 김은지, 박지수, 배시영, 기명리
저작권팀 한승빈, 이시은
경영관리본부 허대우, 박상민, 윤이경, 김민아, 권송이, 김재경, 최완규, 손영은, 이우철, 이정현
외부스태프 변영근(표지 일러스트)

펴낸곳 다산북스   **출판등록** 2005년 12월 23일 제313-2005-00277호
주소 경기도 파주시 회동길 357 3층
전화 02-704-1724   **팩스** 02-703-2219   **이메일** dasanbooks@dasanbooks.com
홈페이지 www.dasanbooks.com   **블로그** blog.naver.com/dasan_books
종이 한솔피엔에스   **출력·인쇄** 갑우문화사

ISBN 979-11-306-2303-0 (03810)